U0867280

大方
sight

暗经验

李宏伟 著

中信出版集团 · 北京

图书在版编目（CIP）数据

暗经验 / 李宏伟著 . -- 北京：中信出版社，
2018.8
ISBN 978-7-5086-9111-4

I. ①暗… II. ①李… III. ①中篇小说-小说集-中国-当代 IV. ①I247.5

中国版本图书馆 CIP 数据核字（2018）第 136944 号

暗经验

著　　者：李宏伟
出版发行：中信出版集团股份有限公司
（北京市朝阳区惠新东街甲 4 号富盛大厦 2 座　邮编　100029）
（CITIC Publishing Group）
承 印 者：上海盛通时代印刷有限公司

开　　本：880mm×1230mm　1/32　　印　　张：7.25　　字　　数：157 千字
版　　次：2018 年 8 月第 1 版　　印　　次：2018 年 8 月第 1 次印刷
广告经营许可证：京朝工商广字第 8087 号
书　　号：ISBN 978-7-5086-9111-4
定　　价：48.00 元

版权所有 · 侵权必究
凡购本社图书，如有缺页、倒页、脱页，由销售部门负责退换。
服务热线：400-600-8099
投稿邮箱：author@citicpub.com

目录

暗经验

I

题1：博尔赫斯《环形废墟》，做梦的魔法师最终发现自己也不过是别人梦中产物时，心头种种滋味。下面哪一个不是他的感受：

A. 宽慰　　B. 悔恨　　C. 屈辱　　D. 惶恐

题2：卡尔维诺《树上的男爵》，柯西莫因为拒绝吃蜗牛爬上树。他拒绝的是什么蜗牛？

A. 葡萄蜗牛　B. 玛瑙蜗牛　C. 条华蜗牛　D. 庭院蜗牛

题3：大卫·米切尔《幽灵代笔》，有一章是四川的“圣山”，它可能是哪座山？

A. 峨眉山　　B. 贡嘎山　　C. 青城山　　D. 墨尔多山

……

第一类仍旧是选择题，一共二十道。张力不再像前两次那样，遇到拿不准的题竭尽全力去回忆书中内容，推敲、推断答案，而是依据直觉，一道一道选下来。后面的判断、填空、材料分析等几个类别都照此处理，这样下来，总算到了十六页试卷的最后一页，见到了最后一题的面目，是道论述题。

“那一刻，他发现他的眼里噙满了泪水。”这是伊斯梅尔·

卡达莱小说《梦宫》的结尾。请论述，马克-阿莱姆为什么会如此，他是否应该以眼泪来表达，卡达莱是否应该以眼泪来结束一部有关梦与审查的小说？

看到这个题目，张力先看了看身上黑色的风衣，早上选择它是对的。早上的预感正在缓慢、坚定地照进现实。马克-阿莱姆的眼泪困扰了他许久，他也琢磨了许久。现在要做的，不过是把腹稿誊在纸上。

“虽然顾虑重重，但他没有从窗户旁掉过脸去。我要立马吩咐雕刻匠为我的墓碑雕刻一朵盛开的杏花，他想。他用手擦去窗户上的雾水，可见到的事物并没有更加清晰：一切都已扭曲，一切都在闪烁。”

张力先写下了最后一段其他的话，也就是题目中那一句前面所有的话，然后他从“顾虑重重”“掉过脸去”“墓碑”“杏花”分析开去，马克-阿莱姆经过政局变化下的家庭变故，经过个人命运梦幻一般的跃升，心中究竟留下了什么样的潜流。这些潜流如何凭借开花的杏树激荡成波澜，拍打心中愈见成型、扩大的坚冰，击起的涟漪又如何必须化成眼泪。

但是，“泪水只能噙在眼里，绝不能滚落下来”，写到这里，张力发现，有一些东西打上千遍腹稿也没用，必须写出来，在写那一瞬间，他才对马克-阿莱姆产生了真实的同情，才意识到，卡达莱让小说末尾出现泪水并不是完全的败笔，确实有对人物的柔情，尽管这种浪漫主义的、外露的柔情破坏了整部小说的基调，但确实需要如此。

然后，他继续原来的思路，转到了《城堡》中的土地测量员，转向了卡夫卡。在对卡夫卡作品中极其有限的“眼泪”列举后，他认为在卡夫卡的标准上，《梦宫》结尾的眼泪确实不应该出现，哪怕是噙在眼中。不过，语气已经没有那么严厉。

“卡达莱要考虑的，不只是马克-阿莱姆的处境，更有卡夫卡的目光，还有熟知卡夫卡的读者的目光。卡达莱不能就那样生硬地将小说斩断，他必须给出结尾，这是他让马克-阿莱姆走进梦宫时就必须要承担的义务。与其说，目睹杏花，在杏花面前退缩让马克-阿莱姆噙满泪水，不如说是卡达莱让他噙满泪水。这是不是即将从梦中醒来，甚或让梦宫顷刻坍塌的泪水呢？”

写完最后这一句，交卷的铃声响起。张力归置了一下试卷，收拾好签字笔，戴上手表，走出考试的房间。

2

一杯咖啡、一份三明治，张力找了个咖啡馆靠里挨窗的位置坐下。望出去，窗外是灰色的天空、灰色的街道，衣着鲜艳的女人和女孩；店里面，是两桌窃窃交谈的顾客。唯一的服务员站在柜台边出神，柜台后面低着头不知道在忙什么的男人，也许是经理，也许是老板。

张力没有如往常一样去构想这些人的前传、他们交缠的社会关系，他的思绪在上午的试卷上停留了一会儿，又随着目光落在黑色风衣上。进入储备处上班后，同款风衣他先后买了两件，一黑一灰。第一次参加晋级考试时，因为同样是这样灰蒙蒙的天空，他穿了那件黑色的，第二次考试就延续下来。今天早上出门时，他犹豫了一会儿，还是选了黑色的。一旦意识到，这就未免有了点较劲的意味，但他心里其实也隐隐有“事不过三”的祈愿。现在果如所愿，早上的势头很好，想必下午的面试也会如此。

张力停顿了一下。早上犹豫的时间是多少？明知道无法证实，他还是想验证一下自己现在时间感受的精确度。在心里默了一遍早上的过程，十秒或者十一秒，最迟不超过十一秒，他可以确定，毕竟同屋的另外两人还在客厅里等着。

晋级之后还有闲暇像现在这样以准确度来感受时间吗？想到这里，张力忽然有些怀念现在的生活，除了晋级，没有任何压力，只管找书来读就是。尽管这种无休止延宕的生活越到后来越让人产生失重感，仿佛没有实质，可真要告别，又是那么的难以割舍。猛然间，张力又笑起来，自己居然用了“怀念”一词，好像已经接到电话，确定晋级似的。他摇了摇头，招招手，让服务员过来添些咖啡。

这时，一个戴了顶黑色礼帽的人走到落地窗前，照镜子那样对着玻璃看了好一会儿，站的位置刚好挡住了张力的视线。张力不禁抬起头去看，正好看到他在冲自己招手。

张力下意识地指了指自己，男人点点头。男人一只手从衣兜里摸出钱包，另一只手指了指钱包，又指了指张力。张力不知道男人什么意思，但还是跟随男人的动作，从兜里也掏出自己的钱包，举给男人看了看，将钱包放在了桌上。服务员走过来给张力添上咖啡，大概是对男人举动好奇，她站在张力桌旁没有挪脚。

男人笑了笑，放回了自己的钱包，右手摘下头上的礼帽，平举着将礼帽扣在玻璃上，随后招手请张力和服务员往礼帽里面看。什么都没有。男人显然注意到了张力和服务员脸上与其说失望，不如说是无聊的表情，他又笑了笑，举起左手，手心手背都给张力他们看过，确实没有什么东西。然后，男人用左手抵住礼帽的帽顶，做出极其费劲的表情，吃力但持续地将帽顶压向玻璃。

张力有些莫名其妙的紧张，从玻璃这边也能看见帽顶在向玻璃靠近。帽顶贴着玻璃的一刹那，只能用眼睛一花来解释，一只浑身金毛的猴子跳到桌子上。窗外的男人满意地点点头，收回礼帽，戴回头上。

猴子在桌上转了两圈，吱吱两声后，一把拿起钱包，做出往身上衣兜里揣的动作，但它并没有穿衣服，钱包顺着腰侧滑落到桌子上。服务员在一旁笑出了声。因为下午考试用的证件在钱包里，张力没有笑。猴子瞪了服务员一眼，抢在张力之前捡起钱包。这次它没往衣兜里放，而是拿着钱包往后撤了两步，倒着一跃，跃到邻桌的椅背上。猴子在椅背的横档上坐下来，抓耳挠腮、东张西望，手里牢牢地抓着钱包。

张力看向窗户外的男人，男人指了指猴子，又指了指张力。猴子果断地摆了摆手，缴获战利品一样把钱包向上扬了两三次。这还不算，它还打开钱包，清点起了里面的钞票，无视男人一系列夸张的威胁手势。男人做了个鬼脸，冲张力摊开双手。张力不再搭理男人，紧盯着猴子的举动，准备在它要动里面的证件时采取行动。猴子似乎察觉了张力的心思，不紧不慢地翻看着钱包，叫得更加欢畅。

另外几桌人也注意到了这边的情况，他们抬起头、回过头，直直地看、遮遮掩掩地看，反正都被猴子的表演吸引了。猴子得到了怂恿与鼓舞一样，噌地站起来，一下从椅子跨到桌子上，冲着众人摇摆着身体，有一个女孩笑出了声。

"滚出去！"张力这才发现，柜台后的男人不知道什么时候走了过来，手里端着一把滑膛猎枪，枪口对着猴子。

猴子定定地看着枪口，看了有一分钟时间，才终于认出来那是什么似的举起了双手，左手是钱包，右手是从钱包里抓出来的一把纸币。

"把钱放回去！"柜台后男人的声音有着与咖啡馆老板或经理不相称的威严。

猴子露出委屈的表情，双手举在头顶上，右手的钱往左手的钱包里塞，但并没有塞对，钱和钱包错身而过。猴子着急地吱吱叫了两声，再塞一次，还是不对。塞到第四次，所有人都知道了猴子还是在表演，它夹杂着恐惧、委屈的认真表情，夸张的双手动作，塞不对的效果，不时还有一两张纸币飘扬而下，让咖啡馆里的人备感滑稽，不止一个人笑出了声。

柜台后的男人显然不觉得好笑，他的耐心快被耗光，手指扣到了扳机上。猴子察觉了男人的细微举动，下一次塞的一瞬间，它尖叫一声，右手的钱向空中一抛，左手的钱包向张力扔过来，随即转身向窗户扑去。

枪声响起，窗户外男人的礼帽罩向窗户，一切发生在眨眼之间。咖啡馆里寂静如冰，所有人的目光都落向了窗户，落地玻璃丝毫无损。再看窗外的男人，他那黑色的礼帽还扣在玻璃上，从这边看过去，礼帽空空如也。男人一只手移开礼帽，另一只手伸进去，悠悠地从里面拿出一朵金色的玫瑰。不等众人发出惊叹声，男人将手里的玫瑰往上一抛，戴上礼帽，转身离去。

金色的玫瑰落在地上，微微往上一弹，成了一颗金色的子弹。隔着窗户，都听得见子弹落地的清脆声响。

3

“就是这些？”

从张力开始陈述，对面的三个人就凑到一起不知道在说什么，有时候不经意蹦出的几个音让张力以为是在叫他停下，等了等却发现他们仍然说个不休，于是便自顾自地说下去。好不容易说完了，那三个人却似乎没有注意到，或者不把起了头的话说完不自在，继续嘤嘤嗡嗡。

这是张力第三次进入面试环节，可这种情况是第一次遇上。前两次，三个面试官肯定知道他连题都没有答完，不疼不痒地问了两三个问题就让他出去了。这一次，他们郑重其事地让张力说说中午有什么遭遇或可以说道的事情，待张力真讲起了中午在咖啡馆发生的一切时，他们却玩起了这一套。

说实话，张力一点儿都不慌张，甚至对他们如此故弄玄虚心生失望。难道阅读五年，三次考试煎熬，孜孜以求的晋级，居然配套以这么做作的面试环节？想是想，他也没有做出拍桌子、走上前去扔掉面试官桌上东西等终止闲谈的举动。如果这次面试需要这样等而下之的应对，那就太愚蠢了。张力就坐在那儿，坐在足足十米开外一张课桌后面，任凭前面三张桌子细碎的声音托举起整个房间的空旷与寂静，落在他头上、身上。

终于，不知道是真的交头接耳说完了，还是张力营造的沉寂压碎了他们的表演，三个面试官终于住了嘴，他们看着张力好一会儿，仿佛要把同等分量的沉寂推过来，然后才由左边的面试官问了一句。

“就是这些。”张力回答。

“你认为，那个男人，窗户外面的魔术师，为什么要玩这么一出？他有什么目的？”仍旧是左边的面试官。

“也许他真的想要猴子拿走我的钱；也许他看咖啡馆里的人都闷坐着，想逗个乐子让大家开心；也许他路过那里，心血来潮想玩一下。都说得过去，都没有什么深层目的。”

“你认为完全是兴之所至？”

“是的。即兴发挥。他肯定没有事先筹划，一切都随机。拿到钱又怎么样？大家开心一下又怎么样？玩一下又怎么样？都无所谓。不是为了准确的指向做准备，就是临时来一下。子弹落在地上，发不发出响声，都结束了。但这种即兴填充了时间，加上他走之后大家的议论，一共填满了四十九分钟二十七秒。”张力说。

“你觉得咖啡馆老板有着什么样的过去？他突然端出来这么一把枪，还那么着急地开了一枪，是不是过分了点？”右边的面试官问道，原来张力说的话他们一句都没有落下。

“可以推断，也能够推断出大致的面貌，可是要看是否有必要。窗户外面的男人即兴启动了这一幕，他离开，这一幕也就结束了。如果我们的目光始终追随窗户外面的男人，咖啡馆就是可有可无的场景，老板和他的枪更是这个男人这一天在某个时刻的一小段插曲，微不足道的插曲。这时候补上老板的前传是否有必要？何况是一种毫无特点的前传。”

张力没有顺着要求答下去。三位面试官沉默了一会儿，然后又凑在一起商量了几句。

“咖啡馆里发生的事，你觉得是生活经验，还是文学经验？”中间的女面试官问。

总算切入正题了，可是张力觉得也没有什么可说的，想了想，回答道：“看需要吧，这两者本来就没有什么界限。如果以可能性来论定，那就把事情过于庸俗化了。况且，让人惊异的从来就只有生活，而不是文学，文学只不过恢复、增强个人面对生活时的惊异能力。如果一定要用经验二字，那可以说，从来就只有生活经验，没有文学经验这回事。所有文学中经验到的东西，都在宽阔的生活跑道上疾驰。反转过来也是对的，只有文学经验，没有生活经验。感知和描述，描述之外无感知。”

“那你说说拉斯柯尔尼科夫？”听了张力的一番话，中间的女面试官没有任何转折地提了个新问题，以至于张力愣了一会儿，才明白面试官说的是《罪与罚》。

“恐怕我说不了什么。”张力都没有想到，自己再度说出了拒绝的话：“诸位考官，如果我，或者你们，还能说出比这部作品本身更多的话，那我们都不会坐在这个房间里了。有些作品，我们读了，可以引用，可以谈论，甚至可以奚落，但有些作品，我们只能闭嘴，只能把它放在心里，一页一页地翻，一段一段地过。动作还不能太快，过快的动作将造成我们自己不可逆转的眩晕，而不是作品的，更不是陀思妥耶夫斯基的。说到作者，唯一可以说的，也就是这部小说出现的不是他的经验，不是他感受到的、想象到的经验，而是庞大的、为人类托底的经验在经历他，辩驳他。经验推动陀思妥斯夫斯基写出了，辩驳出了这部小说。在这部小说里，陀思妥耶夫斯基本人被说尽了，就像他在《卡拉马佐夫兄弟》里被经验了一次，被说尽了一次一样。我能说的就是这么几句话，然而这也不过是陈词滥调。请允许我再补充一句陈词滥调，我在储备处阅读了五年，不是学会了怎么去说每一本书，而是逐渐学会了，哪些书可以说，哪些书不能说、不必说。我还没有完全把握其中的界限，但是到了界限附近，我隐约会有感知。”

张力看不清三个面试官听了这番话是什么表情，反正他们都像松了一口气似的。接下来的面试就显得正常了，由中午那只猴子，大家聊到了孙悟空，进而聊起了《西游记》里面的一些数字，从三、六、九，到三十六、七十二，再到八十一、一百，乃至于一万三千五百等等。三位面试官像是被孙悟空唤醒了童心，和张力叽叽喳喳地谈论、争辩，聊得很是愉快。

等到想得起来的数字都捋了一遍，女面试官说：“好了。面试就到这里。你回去吧。我们会尽快通知你结果。”

4

张力走出面试的大楼，天上已经飘起了毛毛细雨。他紧了紧风衣，进入雨中，决定走回住处。

大街上有限的几个人都在奔跑，跑向公交车，或者跑到某个房顶下。似乎天上落下的不是毛毛细雨，而是挨之即伤的冰雹。张力没有像往常那样兴致盎然，根据迎面而来或者从后面赶上的人的动作、步履、衣着等，去猜测他们的职业，他们出现在大街上的缘由，他们忽然加快步伐的动机。

经过广场时，一个穿红色夹克的女人，在一个穿着灰色休闲西装的男人搀扶下，反而一屁股蹲了下去。这激起了张力些微的兴趣，让他多打量了几眼，并且根据女人手里拿着的单据猜测其中可能有生老病死的苗头。除此之外，张力就默默地走着，偶尔用纸巾擦一擦沾满雨水、模糊视线的眼镜。

他可以确定，五年的储备处生活结束了。初次进入储备处时，听处长讲述工作就是看书，看各种想看的书，那种云山雾罩和没有来由的恐慌，还在心里盘旋。虽然是和另两个人共用一套三居，可是拿到钥匙时，他还是产生了强烈的幸福感，同时暗暗决定，竭尽全力报效局里。因为随后得知，不能通过考试晋级，自己连局里的员工都不是，这种报效的热情挫减不少，可他依然记得自己搬进房间的第一天，在日记本上写了八遍“努力”时的热血；两年前，他第一次参加晋级考试，连一半题都没有答对，面试官最后问了个“为什么要穿这件衣服”的问题就让他出去，那时候想死的狼狈；还有自打第一次考试之后，发誓不晋级就不回家，因此拒接父母电话的狠劲。

这些场景都像拉片一样在张力眼前带过，其中的矫情与感伤固然可笑，可又确实发生在他身上。至于读到后来，兴趣主要放在小说上，这是储备处的藏书以文学为主，小说又占了大头的事实决定的，可其中未尝没有他的主动选择。读别人的故事越多，越频繁地在不同时空出没，在不同人物身上代入自己，越让他对其中的迷幻感产生强烈的依赖。好在这种迷幻感又很锋利，让他在有限的和人打交道时，可以准确地切入对方的思维源头，绕过了那些不必要的试探、迂回。

张力就这样一路走，一路不咸不淡地回忆夹杂感喟，等他花三个小时走到小区门口，身上已经微微冒出了热汗。张力走过小区的中心花园，心里莫名开始担忧，如果在自己散步这几个小时，局里打电话通知他考试通过，他却没有接到会怎么样。

可是他也顾不上加快动作，冲到电梯间，上楼、进屋，因为他注意到中心花园那儿有一团黑乎乎的东西动了动。张力往前走了两步，那团黑影往回缩了缩，他再上前两步，一双黄绿色的眼睛盯着他，是一只纯黑的短毛猫。

短毛猫被雨水淋了个透湿，身上的黑毛像是被人扯掉了几块地团着。看到张力往前走了两步，黑猫身子让了让，却没有动。它紧紧盯着张力，似乎在判断他究竟会采取什么行动。

张力看了看四周，没有看到和黑猫有关的人，便想转身离开，黑猫嶙峋见骨的身体又让他心生怜悯。于是，几乎是下意识地，张力"咪咪咪"地唤了几声，伸出右手，想抚摸黑猫。但黑猫只是呆呆地蹲在原地，眼神惊恐地望着他，没有任何动作。

张力直起身，转身走到单元楼下，推开门禁，上了电梯。电梯门关闭的一瞬间，他吓了一跳，那只黑猫已经不知道什么时候窜了进来，就蹲在他脚边。

5

接下来的周末，张力忙得快没时间喘气了。他按照电话的要求，收拾好了房间里的东西，在局里安排的搬家公司协助下，将所有东西搬进了城南的一个一居里。

"这个小区没有你之前住的那儿新，不过总算是独立的空间，只要你不离开局里，就属于你。你升级了，局里会给你安排更好的居住条件。而且，”后勤处指挥、搬家公司的小蔡伸手往窗户外面指了指，“离局里很近，走路也不过半小时。这可是福分。”

然后是猫的事。那天猫跟着他上了电梯，进了屋，一旦张力流露出赶它走的意思，它就哀哀直叫，一声比一声凄凉，张力决定让它留在身边。刚刚通过晋级考试就迎来这只猫，就算其中没有什么神秘关联，至少也让他不忍心硬赶黑猫离开。接下来就是折腾有关猫的一系列事，洗澡、带它去做检查，咨询医生是否要现在做绝育，然后去超市买回猫粮、猫砂等等必备物品。

好在黑猫超乎寻常的温顺，之前流浪的经历和现在有人收留，这两者差别太大，即使是一只黑猫也产生了足够的感激之情。张力抱着它或者抓着它时，黑猫就乖乖地如初生婴儿般地伏在他手上。放到地上后，张力在房间里走到哪儿它就跟到哪儿。张力坐下来，它就在不远处呆呆地盯着他，生怕他一起身消失不见。

黑猫的举动让张力莫名地有点悲伤，因此他决定让猫晚上和自己睡一张床。同时，尽管若有不祥，他还是依爱伦·坡给黑猫取名为“爱伦”。

6

晋级后上班第一天，张力按照电话的指示，来到那个灰色的大院门前。警卫核查了一番信息后，很热心地说：“一会儿您就能拿到出入证了。记得随时带着。”

因为到了季节，树木大多落光了叶子，院子里相形之下有些冷清，一栋栋灰色的统一为十层的大楼也有些孤零。张力不想上班第一天给人留下晚到的印象，问清了他要去的13号楼在哪里，便低着头走了过去。

13号楼背阴，走进去有点冷。张力缩了缩脖子，向楼道里的警卫报了自己的名字。

“噢，请跟我来。”体格健壮的警卫走在前面，带着张力上了三楼，然后向东边走去。

楼里比张力以为的大多了，它不是仅有左右两边，而是嵌套式结构，层层楼房镶嵌出很多天井。天井四周的房间因为缺乏光照，打开了所有的灯，反而更见冷与阴沉。

张力跟在警卫身后，绕了有八九个天井，才到达301门前。

“进来。”门里的声音很见干燥，声音的主人则身材修长、神态优雅，比张力见过的其他男人都要白皙。

“张力，来，来，请坐。”那个人站起来，先让张力在他对面的椅子上坐下，又给他倒了杯水，自己才坐下。

“我叫王猛。噢，你要是觉得直接叫名字不合适，可以叫我王处或王处长，我负责咱们翻检处，今后你的工作就拜托了。”王猛很客气。

“王处长，您客气了。”张力说。

“好。今天先给你介绍一下我们局。只有通过晋级考试的人，才有机会听到本局究竟是个什么机构，它的设立究竟是为了什么目的。包括你们在储备处，听到的只言片语都是以讹传讹。请记好了，我所有的话都只说一遍，可这些内容是你今后工作的参考，也是你判断工作以及最终对你的工作进行判断的标准。”

王猛清了清嗓子，一脸严肃地说下去。

“本局叫作暗经验局，成立的宗旨是促进文学繁荣发展，影响世道人心。我们国家在历史上有着辉煌的文学成就，我们的人民对文学也怀着宗教一般的虔敬。到了当代，作家们面对人类已经创作完成的浩瀚作品，必然有着泰山压顶的压力，压力之下又必然产生不顾一切的创新动力。但是一切文学、一切创新，都必须通约于普遍的人类经验，必须得到匡正、规约，让其在适当的范围内发展。否则，这种创作、创新只能是怪、异、奇、恶，毫无价值。

“暗经验局下设翻检、筛查、设定、擦拭四个处，各处视不同情况再下设三至十三个科，各处科情况，你今后慢慢会接触到，不在这里赘言。说一说我们的工作原理。早在本局成立之初，国家就顺利地解决了一个问题：创作的分配与互动。不管是成熟作家还是文学新手，一个人产生了创作欲望，他都可以整理出简单的大纲，上报给我们，由我们根据现有的名额、要求等情况，批准或不批准。创作过程中，我们需要跟进，作者也需要随时得到指导。这一整套流程，都由咱们局来完成。如果一个作家的构思或大纲没有得到批准，如果创作过程中出现了偏离，局里有权叫停该次创作，或者修改，或者取消。这不是权力，而是义务，是对文学负责，对人心负责。

“说说具体的工作流程。创作者通过信件发来提纲，有时候还有样章，所有收到的提纲、样章，都会在翻检处分类，可以成为文学创作基础的、只能让人一笑了之或弃置一旁的。记住，无论是哪一种，都需要给申请者回复，我们有统一的制式回复，也鼓励翻检者在看到有潜力的作者时个性化回复，鼓励对方沿着这条道路继续前进一段。所有翻检处认可的大纲，都会移交给筛查处。筛查处根据他们的立场，会退回少数不认可的提纲，大部分提纲则按照类别与作品核心转交给设定处的对接部门。设定处会对这些作品进行又一轮选择，留下的作品则根据其大纲设定几条可能的走向。擦拭处的任务是就如此细化的提纲与作者保持联系，跟进创作进度。如果作者创作有所偏离，则以擦拭、提醒等方式，规劝作者回到正常的轨道上来。

“你一定奇怪，如此重要的部门，怎么有这样温吞的名字。实话说，暗经验参照的是暗物质。暗物质，宇宙物理学概念，也可以说是天文学概念，你明白吗？暗物质比光子和电子还轻，可是它在宇宙中无处不在，它以引力对宇宙的形成、运转起到了无可取代的作用。可以说，没有暗物质就没有现在的宇宙，没有恒星，没有星系、行星，更不会有人类了。物质之于宇宙就像经验之于文学，经验是文学组成、运转的全部，除了每一部作品显在的经验，决定一部作品的，甚至更具决定意义的，是暗经验。而过往文学作品隐隐构成的暗经验同样不可见，或者说，难以用语言表述清楚，但是它作用于每一部作品，作用于每一个人。暗经验局，就是要用暗经验来匡正当下的创作，将种种创作、创新的冲动，都纳入人类的暗经验里来。在暗经验的标准下，一部作品应该如何发展、规制，显而易见。

“这就要说到你之前的工作了。你在储备处工作了五年，读了大量的书。表面上，你是在为晋级考试做准备，可是晋级考试的实质就是判断一个人是否进入了暗经验的系统，他是否通过长年累月的阅读，培养出了暗经验的直觉。恭喜你，你通过了这一次考试，意味着你具备了合格的暗经验，可以成为局里的正式员工。”

王猛一气儿说到这里，歇了歇，看着张力，脸上浮现出一丝笑容。

"面试时，你对拉斯柯尔尼科夫的那个问题回答得非常棒。你当然没有什么新的洞见，可是你的态度与措辞让我们看到你身上储备了丰富的暗经验。"

张力讶然地看着王猛，这才认出他就是坐在右边的面试官。知道张力认出了自己，王猛又笑了笑，随后他再度严肃起来。

"有两点向你申明。一，工作方法。无论局里哪个处，工作方法都是宁严不宽，吃不准的可以一律卡住。你要知道，文学创作这么高尚的事业，必须提高门槛。况且，每个处都有核查科进行核查。二，职业通道。暗经验局的工作是高尚的，但我们仍然需要考虑到个人的发展，对于无私为局里奉献、业绩卓越的同事，他通常的职业通道是，从翻检处到擦拭处逐级提升，下面就是各处的副处长、处长，乃至局级领导。局长也不是咱们局最光荣的职位，职业技能特别突出的同事，他将有幸跟进国家泰山北斗级别的作家，协助他完成彪炳千秋的作品。年轻人，希望你有朝一日能够达到这一步。"

7

和张力一个办公室的老李已经严重谢顶，只剩下周围一圈头发陪衬着光亮的头颅。也许是为了和这样的发型相配，老李总是用一副冷漠的带些嘲讽的腔调来掩盖自己的热情。张力在办公室所做的一切他都看在眼里，一切不妥当的细枝末节他都会拐弯抹角地指出来，但是他的话乍一听总是很不友善。

不过，过了不到一个月，张力就发现老李冷漠的腔调里翻滚的其实就是一些不断重复的废话。

比如说，张力秉持着晚辈的心态，每天都第一个到办公室，开始打扫卫生、整理字纸篓、打水泡茶这样的跑腿活。“啧，”老李说什么之前都咂一下嘴，“年轻人有前途，眼里有活。照这个趋势，用不了半年，你就能提拔。”“科长肯定委屈你了，副处长吧，你又太年轻。就代理副处长吧。”“我的茶杯都给洗了？你真那么闲的话，干吗不把整栋楼都清洁了。”

开始被说的时候，张力还红红脸，到后来，干脆耍赖了。“那可不，我要是不求上进，到你这个年龄还只是普通的办公室职员，多亏啊。”

“嘿，你懂什么。”老李也不生气，嬉笑起来，“我这是在根上为国家的文学做贡献呢。告诉你吧，只有我们这种普通职员，才对国家的文学事业了如指掌。”

再比如，每次勤务送来装满文学提纲的信函时，老李都会让对方小心再小心。

“注意点儿啊。这都是人家的心血、梦想，说不定哪封信里就装着更新文学乃至颠覆文学的东西呢。”

可等到拆开这些信封的时候，老李又是那么漫不经心。

“我跟你说吧，这些东西都是狗屎。你以为咱们的工作是什么？掏粪工人而已，不过是从狗屎里捡营养。有没有营养？有。可那也是狗屎的营养。”

刚开始，张力在老张说狗屎那些话的时候，还紧张地走过去把门掩上，爹着胆子劝老李：“别说了，发这些牢骚有什么用啊，好歹也是别人的心血。好好看吧，你要是不愿意看，就坐那儿，我来。”

“小崽子，剥夺我劳动的权利！”老李嘴里骂着，仍旧细致地拆开那些信封，避免剪开信封的时候剪到提纲。

后来，张力发现全楼的人都知道老李骂骂咧咧的作风。有一次，王处长还跟他说：“好好跟着老李学东西，他废话多，不过文学品位和工作态度真是没得挑。”

有了处长这番话，老李再发牢骚，张力也就懒得去关门了。他就让自己安坐着，拆开信封，眼睛扫过信纸，做出判断。有人经过门口，探头进来和老李笑侃两句时，他也在旁边跟着乐。

进入之后，张力发觉这份工作远没有他预想的那么有趣。每天分配到他们办公室来的至少有两三百封信函，勤务早上九点、下午一点各送一次，下午一点和五点半各取一次。这两三百封信函，至少有三分之一的格式不符合要求。有的写着“昨天晚上梦见自己变成了一只白鹤，我要把它写出来”，有的写着“王二这个王八蛋，竟然勾引我老婆，我要让他身败名裂，比臭狗屎还臭”，有的写着“公交车上那位姑娘每天下了车，都和我一起走上十分钟，她是爱上我了吗”，有的写着“房东就可以没有良心吗？昧了我的押金，还要把我赶出去”——反正都是这种描述性的，不能成为文学起点的文字。

还有的，则干脆写来信说：“我要当作家，你们给指点指点，让我怎么写我就怎么写。”

一开始，张力想着这些确实是一个人的梦想、心血，甚至是救命的稻草，他竭尽全力想要找出有灵光的地方，希望能够帮到对方。可是前面几天，他都因此严重拖了进度，需要老李帮忙才不至于让勤务白白地站在一边等着。

老李没有生气，也没有怎么埋怨张力，只是在第四天上午勤务快来的时候对张力说，“你要相信自己的判断，让心肠硬起来。没有能力的人，你给了他虚幻的希望，反而是害他。”

第五天早上，老李一到办公室，就对张力说：“我今天可不帮你了，你必须按时完成工作量。”

一番手忙脚乱夹杂着愧疚，张力总算快刀斩乱麻地跟上了。从此以后，进度对他来说不再成为问题。有那么几次，他比老李还完成得快，老李就瞪着眼，说：“你有没有同情心啊？别人的一番心血，人生梦想，你毁起来跟打碎早就不用了的夜壶一样快速、干脆。”

乐趣也有。当一份颇具创造性的创作提纲从信封里露出来，一字不落地读完它之后，张力就会产生自己可以帮到一个人的荣光。如果特别出色，他还会递给老李，请他一起欣赏，这就像分食一顿大餐。那种时候，老李就会彻底静下来，翻来覆去地抖搂手里的纸，但是看完之后，老李都不说话，只是默默地递还给张力。有时候，老李还会摇摇头，而在那样的时刻，老李为什么会摇头这种问题，张力总是问不出口。

话虽如此，这样出色的提纲毕竟凤毛麟角，大多数翻检后留下来的，都是一些过得去的规范的提纲。它们大多都是记述性的，一段传奇、一次冲突、一个纠葛，随着故事的推进，人物形象慢慢获得烛光照耀般的鲜明，但随时都会从不知何处刮来一阵风，把烛光吹灭，人物和时间再度湮没在黑暗里。

每天接触这样的文字，张力甚至有点怀疑，之前在储备处读那些漫长时间淘洗出来的文学精品做什么？这不是明显在人心里制造绝望吗？不过张力什么都没说，他唯一能做的不过是回到家里，找出自己喜欢的作家来读一读，以此保持对文学的鉴赏力和敬畏心。

8

唯一让张力心情舒畅的，也就是爱伦还不错了。在他的精心呵护下，一个月左右，爱伦就恢复了神采。突兀的骨头藏在了肉里，身上的毛也服帖光滑了，爱伦的步态行止都重新闪现了猫科动物的优雅。有时候，张力在桌前看书，爱伦迈着步子从房间的这头走到那头，还真有点老虎或者豹子的模样。

恢复神采之后的爱伦也恢复了猫的傲慢与冷漠，张力回家的时候，它不再在门口迎接，反而经常需要张力连声呼唤，它才从藏身的地方露出头来，最多也就再叫唤两声，然后又高傲地走开了。每次张力要强行抱着它，亲亲它，爱伦都会伸出一只爪子挡在张力的嘴上。如果爱伦需要张力，则是另一番景象，不管他在做什么，它都要走过来，往他身上蹭，让他抓挠。抓挠到舒服处，爱伦嘴里发出呼噜呼噜的声音，浑身的肉都在颤。有时候它还会翻过来，亮出肚皮给张力看。

爱伦还喜欢做一件事，就是洗澡。张力买了个小木桶，给爱伦做专属浴缸。两三天，爱伦就会绕着张力的腿转圈，发出喵喵的声音，支使张力放水，把它抱进小木桶。在对待水上，爱伦完全没有猫的习性。它喜欢木桶里的水放到齐身子那么高，偶尔还会把头埋进水里，玩起潜水来。爱伦最喜欢的是张力用洗发水给它浑身搓出泡沫来，那时候它就像小孩一样，在桶里绕着泡沫转圈，逮着一个泡泡就要扑上去咬一口，时常溅得张力一脸水。

洗完澡之后，张力一边用吹风机给爱伦吹干，一边捡着当天有趣的提纲说给它听。这时候，爱伦就眯着眼睛，趴在他腿上，不知道是听得入神还是吹得舒爽。这样的时刻，张力一天的郁积就会慢慢开解，白天见到太多的可怜、可笑乃至可恨的文学梦想就会在他心里慢慢化去，消失。

张力越来越觉得，自己在储备处五年阅读所植根于心的文学经验在急遽萎缩，只有爱伦还在勉强给他带来一些鲜活的生活经验。

9

郁积归郁积，张力的工作业绩实在不错，过了一年，他就被调进了筛查处。到了这里，见到不成样子的提纲少了很多，以至于他对工作的兴趣都回升了不少。不是说这里能见到什么杰作的胚子，而是说，拿到手里的提纲高低姑且不论，至少都有文学的面貌。何况，偶尔还能见到之前他在翻检处留下的提纲。

宠人/萧峰

更高级生命侵入地球，大多数人类一夜灭绝，残存的人类成了更高级生命的宠物——他们苦涩地自称“宠人”，日常的事情就是行宠物之实，哄主人开心。宠人井水田不甘于如此屈辱的生活，他要想尽办法找到失散的家人，确定他们的生死。与此同时，他还希望能够联络剩余的人类，找到更高级生命的弱点，实现人类的解放与复兴。

第一章　骤变

井水田睁开眼睛的时候，世界已经完全坍塌，城市完全被毁灭，他的家也毁了，妻子和两个儿子早上出门去商场，现在没了影踪。他跑到大街上，只看见几处巍峨的殿堂，它们庞大、高耸到超乎人类想象。那是高级生命，新的地球主人的居所。

井水田正在狂奔，忽然被施了定身法一样止住了，一个红色项圈套在他脖子上。从此以后，他的行动根本不受自我控制，而完全听从项圈的安排。

第二章　训练

井水田被开发出了种种身体潜能，就像极限运动员一样，听从项圈的命令，可以完成各种高难度的动作。他时常沉浸在身体得到完全使用的酣畅中，调动意识主动配合项圈的命令；可是回到主人的居所，当他只能蜷缩在玩具屋一样的宠人房间，羞辱感又在时时加重。

对家人的思念时刻折磨着他。

第三章　家人

在一次例行的放风期间，井水田偶然从另一个宠人嘴里得知妻子和儿子似乎还活着的消息，但他没法去寻找。井水田爆发了成为宠人后的第一次反抗，他把自己捆起来，绑在柱子上，以抵抗项圈的驱使。

他甚至写出了“我要去找家人”给主人看，但是无济于事，主人似乎对他的所想所为毫无兴趣。

这份提纲到这里就结束了。张力把信封内外翻了翻，把这三页15 × 20的方格稿纸抖了抖，也没有看到更多内容。他知道很多作者在局里的指导下，越来越务实，他们只寄过来可以做判断的内容，如果通过再往下构思，如果没有通过就算了。他不满足的是，这个提纲勾起了他的兴趣，却粗暴地戛然而止。但显然，在不确定的情况下，作者也没有义务来满足他。

整个下午张力都有点走神，他把《宠人》的提纲放在一边，筛查其他的信函，可是他的心思一直在《宠人》上。根据他的阅读经验，这个小说还很粗糙，成稿时要想在细节上经得住推敲，作者需要下极大的功夫，有些地方甚至不是下功夫就能解决的。可是这个小说却有着非常打动他的地方，让他迫切要读。这也许就是叙事的魅力吧？把一个人放在极端处境下，读者自然会对他的命运产生好奇，而这好奇里面多少都有一些感情投射与代入。

张力很希望这部小说能够得到批准，写完出版，不管多粗糙，毕竟这是他在局里上班后读到的最独特和有想象力的小说了。可是这并不由他决定，他唯一可以做的，不过是利用现有的经验，给它合适的分类，让它通过得顺利一些，通过了受到的修改也能少一些。

这样心神不定，干活的效率下降了不少，等张力把手里的工作处理完，时间已经到了七点半。幸好筛查处工作人员的安排比较自主，前一天工作的交回和当天工作的领取都在早上，因此他可以不慌不忙地等到第二天。张力唯一没有确定的是，要不要把这个提纲留在手里继续琢磨。按照规定，极特别的提纲，筛查处工作人员是可以留下来仔细斟酌一周的，只不过他以前从来没有遇上过这种情况。

明天再说吧。也许可以咨询一下同屋黄姐的意见。张力想着，归置了一下办公桌准备下班。办公室的电话突然响了起来，是那种歇斯底里的响，没完没了地响，仿佛每响一声都在说：别装了，我知道你在屋里，赶紧拿起话筒。

办公室电话响的时候不多，除了内线和打错了的，也就是一些执拗的作者，非要问他的提纲为什么通不过，怎么就不能算创作了？据说局里接线处的人开始还会想办法解释一下，但是后来他们默契地把这类电话统一接到了筛查处。这么做究竟是出于什么逻辑，张力不清楚，问黄姐和处长，他们也都表示不清楚。不过，他们都说，这也算惯例了，既然是惯例，就算明知道有那么一些不讲理的地方，也无法改变。接几个电话也不算什么，还能即时知道作者到底是怎么看待自己的创作的，遇上一些发神经的作者是让人厌烦，不过也算一成不变工作中的调剂吧。

老资历的同事和领导都这么说，张力也无话可说，他尽量让自己接电话时心平气和。确实有几个作者让他开了眼界，不过整体上他们都很无聊。现在张力可没有心情去接电话，他看了一眼像是在跳动的电话，穿上外套，背上双肩包，走出办公室，带上门。

楼道里已经没有人了，其他办公室都关着门，没有灯光透出来，因此电话铃声格外刺耳。它现在简直不像是在要求人去接，而是命令人必须服从。张力走了两步，听着似乎越来越大的铃声，气不打一处来。他知道，要是不接这个电话，一晚上他的耳边都会是铃声。

“喂。你找谁啊？”张力开了办公室门，冲到电话旁，声音有些凶恶。

“喂。你好。”听声音就知道对方年事已高，“小伙子，我年龄大了，要是啰嗦你可别嫌我。”

“没事，您说吧。”张力也只能这么回答了。

“我啊，这一生也经历了不少事，我想写一部小说，把国运、家史、个人命运融合到一起。名字我都想好了，定为《命运与抗争》怎么样？我跟你说，咱们国家、我的家族、我个人这几十年，种种挣扎、动荡、心酸，都可以用‘命运’‘抗争’来概括。命运是什么？是注定，是不由自主，是历史规律，谁都改变不了命运的大势。但这也不是说，我们就只能傻呆呆地等着命运拖着走。我们还可以抗争，通过抗争对命运进行修正。命运的大势改变不了，至少还可以让这个大势的实现变得舒缓一些，将我们在其中受到的损害降至最低。”

“老先生，我明白您的意思了。您现在手边有提纲了吗？我们的工作有流程，您要是有提纲了，我告诉您地址，请您把提纲寄来，我们会按照流程处理。”

“我知道你们工作有流程。可是刚才你们的总机也说，特殊情况下，你们可以特别处理，他们给我你的电话，不就是认可我的情况可以特殊处理吗？”

“接线处这帮孙子！”张力在心里暗骂了一句，“那您有什么特殊情况呢？”

“我啊，”电话那边一通咳嗽，“我今年已经八十了。要是得不到你们的协助和催化，估计有生之年写不完这个小说了。年轻人，你不想让我死不瞑目吧？就麻烦你来一趟幸福广场的幸福咖啡馆，听听一个老头子的肺腑之言吧。”

“幸福广场？！您等等。”张力把电话搁在一旁，拿起装着《宠人》提纲的信封，寄信人的地址是：幸福广场甲区十三号楼，0201。

“好的，老先生。我，半个小时左右赶到。”

IO

“温国华。”张力一落座，对面的老先生就伸出手来。见张力要站起来，他手往下压了压，示意别客气。

老先生一头白发，人很富态，一张国字脸很威严，举止倒是很儒雅，想必以前也是个人物。老先生旁边还坐了一个六十岁左右的干巴老头，他的注意力大多数时候都在老先生身上，从他看着老先生的敬畏、依赖混合的目光，张力推断他是常年照料老先生的身边人。不过，老先生没有介绍，张力也就只点点头示意了。

“小张啊，你到局里没多久吧？”得到张力“一年多”的回答后，温老先生点点头，又把刚才在电话里的内容说了一遍，这次说得要更加缠绕一些。

“温先生，您的情况我明白了。实话跟您说吧，就我经手的工作，还没有遇上开绿灯特别处理的。能否特别处理，我需要报告给处长，由处长来斟酌，说不定他还得再往上报。”张力两手放在桌上，身体前倾，尽量让自己的动作、语气更恭顺，不过他还是直视着对面的老先生。

“当然，年轻人，小张是吧？按照你们的规矩来，能通过我就往下写，通不过我就死了这颗心。这辈子没少写东西，小说还是头一回，今后少不得要给你添麻烦。”

“您以前是做什么的？”

“我啊。记者，写了一辈子的稿，也经了很多事。小张，我跟你说，我这小说要写出来，估计很多人都想看，也会影响很多人。怎么说呢，我最近越想越觉得，我这部小说不是为自己写，不是为我经历的那些事写，而是为国家写的。我们的过去，这几十年的历程，风雨、坎坷不少，但整体是向上的嘛，必须以小说的角度对此进行记述。我没写过小说，可是我也知道，小说不像新闻报道，是能长期留存下来的，对人的影响是潜移默化的。所以，小张啊，写完这部小说就是我的历史使命，协助我写完这部小说也是你的光荣嘛。”

“温先生，我会如实把您的情况汇报上去。可是您能不能给我一个提纲啊？我总不能把您的话向处长转述一遍。”张力见着空子，赶紧插了一句。

老先生苦笑了一下，苦笑中甚至有点羞耻的成分：“小张，实在抱歉。我最近眩晕症复发得厉害，根本动不了纸笔，小赵呢，又不识字，所以能不能请你根据我说的，整理出一份提纲，先交上去呢？”

“这 —— 也行吧。”张力困惑地看着老先生，点点头。

“哦，你是担心就算提纲通过我怎么写吧？我跟你说，这眩晕症啊从很早就伴随我了，这么多年来也只是偶尔会延缓我完成工作，但从来还没有耽误我工作。不过最近这老毛病犯得越来越频繁了，症状也比原来重了很多，所以我才想抓紧时间，争取能够在死前完成它。”

老先生再一次提到了死，张力还能做什么呢？他接过小赵早已准备好的纸笔，听着老先生的口述，不时也提供一些建议，总算整理出了一份提纲。

II

张力进门的时候，脑子里还是不久前站在楼下望见的萧峰家的窗户。那是一扇老旧的，从房子建好就没有动过的推开式单层铁框窗户，窗户上还贴着红色尚显艳丽的“囍”字，阳台上的晾衣绳也挂着一些尿布，它们显示萧峰已经完成了人生的两件大事。从《宠人》的现有情节来看，萧峰对妻子和孩子的感情应该也很深厚，至少可以姑且这么认为。

让张力印象深刻的是，半开的窗户上搭了一块长长的灰色物品，它的花色花样无法看清，但仍旧看得出来，那是一块地毯，一块和从窗户里透露出来的其他信息完全不相称的地毯。难道地毯暗藏了什么玄机？张力捉摸不透。

不管了，下次有机会去他家的时候看看。张力摇摇头，轻轻唤道："爱伦，爱伦。"

唤了几声，爱伦毫无回应，张力心里一沉。爱伦现在很少在门口迎候，也常常并不现身回应他的呼唤，可是总会叫两声或者发出点响动，表示张力回家它不是无动于衷。可是现在，张力双耳大张，也听不到丝毫声响。

张力放下双肩包，又大声喊："爱伦，爱伦，我看见你了。不要再躲了！快出来。"

桌子、床、橱柜、窗帘、被子……所有可能藏身的地方都翻遍了，考虑到猫的特性，所有不透明的器皿、纸箱也都摸索了一遍，仍旧没有。张力早上出门时倒在碟子里的猫粮、浅口陶碗的清水，都没有了，碟子和碗像洗过一样干净，干净得近乎透明。

为了方便爱伦活动，客厅通往卧室、厨房、洗手间的门都是开着的，洗手间没有窗户，卧室和客厅的窗户也紧闭着，厨房窗户右下角的玻璃在张力搬进来时就破了一个洞，因为大小只够他伸出一个拳头，也因为爱伦一直对这个洞表现得不屑一顾，就没顾得上换玻璃。

现在，不管是否可能，这里都成了爱伦离开的唯一通道。

张力走在楼道里，轻声唤着“爱伦”，不时杂以“喵喵咪咪”的拟声词。这是两梯八户的老户型楼房，工字型的两边各住着四户人家。从这边的四户找到另一边，都没有爱伦的痕迹，也没有猫的迹象。唯一让他感到安慰的是，楼道里的窗户都紧紧闭着，也没有一扇有孔有洞。

因为自己住的十八楼没有，张力便先往上找。十九、二十两层楼也没有，通往房顶的小门也是紧紧锁着的，他就继续往下找。如果一直走到一楼都没有呢？张力问自己。一楼的门禁都是锁闭的，爱伦要出去，除非是趁着别人出入，可一般来说，住户看见没有跟在主人身边的猫狗都不会随便放出去吧。但愿各层的窗户都完好无损，不然爱伦要是跑出去，可能就再也找不到了。虽然爱伦本来就是忽然出现在他的生活中，可要是就这么倏然而去，多少总让人难以接受。这么想着，张力又想到了《宠人》。宠为下，不管是宠物或者宠人，一定都有所谓主人理解不了、感受不到的情感。井水田对家人的担忧、思念，对自由无拘束生活的渴望，他的“主人”理解得了吗？何况，井水田还遭逢大难，整个人类被毁灭，仅仅作为幸存者而成为宠人，作为低等陪伴，供“主人”解颐。这么一想，如果爱伦真的离开了这栋大楼，也许是因为它厌倦了困居斗室，那就随它去吧。

想是这么想，找还是得找，至少也要真的找到一楼再说。好在只往下走了三层，在十五楼，张力喊了两声“爱伦”就听见一声“喵”作为回应。这熟悉的声音，带着懒散，带着得意，张力简直不敢相信。他提高声音又喊了两声，这次回应拖长了，像是被喊得不耐烦的“喵——”。

张力正在循声判断究竟是哪个房间，哐啷一声，1503的房门开了。又是一声“喵”，像是等了很久才等到张力出现，隐藏了很多感情的短促一声，但是爱伦并没有从屋里走出来。一个女人站在门口，看了他一眼，说："进来吧。"

声音干净，有着银器的悦耳质感。

张力关上门，跟在女人身后，走进暖色调光照的客厅，在沙发上坐下来。房间和他的一样结构，但是生活气息强烈多了，是一种温暖、轩敞又有些女人矜持的气息。

女人给张力倒了一杯水，在沙发的另一头坐下。

"对不起，身体不太舒服，这么见人有点失礼。"女人罩着一件外衣，但睡裤睡衣还是看得见。

"没事。是我给你添麻烦了。"张力局促得不知道说什么，他从没有和陌生女性如此共处一室。

"哪里是你添麻烦，再说也不是麻烦。"女人轻轻笑了一声，笑声带出了一串轻微的咳嗽。她拍了拍腿，爱伦不知道从什么地方钻出来一下跃了上去。女人伸手抚挠爱伦的耳朵，爱伦舒适地趴在那里，它眯缝的眼睛里散碎的目光若有若无地在张力脸上晃动。

"你做什么工作的？"女人问道。

"呃，我，算是办公室职员吧。工作倒也轻松，就是时间上不是很规律，有时候一加班就没准了。今天就是这样，临时一个电话，就得跑出去一趟，搞到刚刚才回家。"也许是怕女人在"算是"两个字上停留，张力啰嗦了一连串，啰嗦完了也觉得自己有点失态，便站起身来。

"不好意思，打扰了，我该带爱伦回去了。爱伦，来，我们回家了。"张力唤着，伸手去接猫。女人很配合地递过爱伦来，爱伦也只是略微看了张力一眼，目光就继续散碎乃至于消失在眼帘后面。

"猫不怎么亲近人，其实特别需要和人呆在一起，我一个人有爱伦陪着也是个伴。”女人也站起来，抓了抓爱伦的右耳，“我最近休假，你要是忙的话，就把爱伦送到我这儿来吧。一身黑，就尾巴上这么点白，还挺少见到的。”

张力刚好瞥见窗台上的烟灰缸，看见里面堆满的烟头，对女人说的后面这句话没有留意。等到进了家门，他才赫然发现，爱伦的尾巴确实有三分之一是白色的。

恍惚之间，张力核对一下记忆，他抱着的是爱伦确定无疑。爱伦喵呜一声从他的怀里跃起，迅速钻进了卧室、上了床，趴在它最爱的老虎抱枕上。

12

命运与抗争/温国华

第一部　颠覆

孔德笙十二岁至三十二岁，天翻地覆的时代。

经过三次战争，国王被推翻。国家在总统制与内阁制之间来回摇摆，各方妥协下，大总统暂时登上权力宝座。大总统创办了延揽、培育人才的帝京大学，并以其中的学生为骨干，组建新式军队，再以三次战争，树立了个人的绝对权威，成为没有冠冕的国王。

孔氏是五百年的名门望族，对王室忠心耿耿，因而随着国王被推翻而倾覆，丧失了声望、权力。孔德笙亲历了家族的兴盛与没落，他十六岁离家出走，漂泊两年后考入帝京大学，这为他提供了日后进入大总统核心圈子的契机。

大学毕业后，孔德笙成为大总统的随行记者团成员之一，见证了大总统的坚定意志、铁血生涯，也见识了大总统的阴谋与爱情。

第一章　国王亲临

第二章　战争！战争！

第三章　阴谋的回音

第四章　国王离境，国王万岁

第五章　以战争终止战争

第六章　草莽，贵族

第七章　帝京大学

第八章　铁与血

第九章　大总统

第二部　上升

孔德笙三十二岁至六十岁，国家与个人稳步上升。

大总统以战争统一全国，总揽军政大权，制定发展计划，整个国家迅速由国王统治时期的农业生产国家向现代化国家迈进。大总统对教育、文化的重视与开明，使得民心、民智得到充分开启、开发。与此同时，大总统在民众间拥有日益崇高的地位，成为新的国家之神，“大总统万岁”的口号开始出现。

孔德笙受命创办日新通讯社，执掌国家的发声渠道。日新通讯社不是简单地报道事实，而是对国家事实与国家情绪进行调和，以适当的事实振奋国民精神。大总统对新闻本质的阐释、对新闻作用的明悉，深切地影响了孔德笙的新闻观，并在日新通讯社中得到执行。

略有遗憾的是，孔德笙的三段感情都未能修成正果。

第一章　大计划

第二章　声音

第三章　真实与事实

第四章　女人们

第五章　奶牛飞行记

第六章　坚若磐石

第七章　大总统万岁

第八章　暮年，背影

第三部　如实

纯纪实。如实得如同虚构。

以新闻的形式，对过去这一百年进行报道。篇幅可长可短，内容亦庄亦谐。可以是国家大势、政局时事，可以是街谈巷议、流言蜚语，还可以是陈芝麻烂谷子。总之，出现在一份报纸所有版面的所有报道，都可能被选中，作为一百年的记录。

报道人不是孔德笙。不一定是孔德笙。

第四部　动荡

孔德笙六十一至六十八岁，国家与个人同时衰老，然而也有华章。

大总统在老去，但他从不放弃权力，他要在身后把总统权力传给第三个私生子，一个自称“小总统”的人。大总统、小总统与各方势力勾心斗角，玩起了危险的平衡。随着大总统去世，平衡打破，小总统被软禁，林立的势力围绕权力不断争斗、撕扯，局部战争与小范围骚乱不断，国家再度动荡。

孔氏家族势力死灰复燃，他们促使孔德笙拜见了老国王的孙子，流亡途中的新国王。新国王“重建秩序，稳固德性与良知”的主张说服了孔德笙，他决定以手中笔、以日新通讯社为国王归来效力。

第五部　平坦

孔德笙六十八岁至今，国家、个人分别迎来了坦途与黄昏。

国家确定君主立宪政体，并且形成了王室与内阁、议会的三足结构，在不断调适中，逐渐完成活力与稳定的均衡。这么多年的磨难与动荡之后，这个国家已经上了一条平坦大道。

孔德笙的生命也已进入夕照余晖阶段，他见证了新国王的归国、就位，也获得了相应的荣耀。孔德笙婉拒了委任，辞去了一切公职，闲居家中。他唯一的心愿就是融国家、家族、个人的命运与抗争于一体，完成一部可以安心的小说。

第一章　共识

第二章　仪式

第三章　在道旁

第四章　梦中咆哮的声音

第五章　面容，背影

第六章　话别

第七章　洪流

第八章　唯有时间可以宽恕

第九章　追忆未来

13

何处长拿着《命运与抗争》的提纲，看了很久。然后，他又从头翻过来再看一遍，在个别地方久久停留。随后，何处长陷入了沉思。

“小张，这个提纲你怎么看？”张力闲极无聊，正望着何处长持着提纲的双手发呆，忽然被问到，像是梦中惊醒一样愣怔了一下。

“挺正的。”说完这三个字，张力清了清嗓子，“把国家、家族、个人融合到一起是所谓史诗作品最常见的方式，但是这样的作品出现得很少，令人满意的更是凤毛麟角。温老先生这部作品起意很好，以一个媒体人的人生、视角来呈现一个国家，这里面的虚实边界，能消融小说的固有定义。我很期待第三部‘如实’，在虚构中以新闻报道来纪录国家，纪录时代；从结构上看，温老先生也有意把第三部分处理成小说的中轴，也可以说是镜子。一、二部与三、四部在章数上的对称、时间上的对比、内容上的对立，都形成了一种平衡，活力与稳定的均衡。”

张力说到这里，停了下来，望了望何处长。

“很好，说下去。”

“第三部分也是小说里面唯一在时间上溢出了孔德笙生平线索的，其内容、取材、范围，直接决定了这部小说的空间和气象。可以说，第三部分的成败决定了这部小说的可能性。”

“你看得很准，说得很好。”何处长沉吟了一会儿，“根据你的判断，这部小说可能存在的问题，它的风险在哪里？”

“还是它的虚实边界。这是一部小说，但它又和国家的命运紧密结合，小说里的时代变迁、历史节点在现实中都能找到精准的对应。读者难免会将现实代入小说，将小说代入现实。这部小说如果写不成功，浪费了题材，太可惜了；如果它成功了，获得巨大的影响，问题也随之产生——小说中对人物的臧否，对事件的褒贬，读者必然会寻找现实的对应。众所周知，所有的作品都得咱们局审核通过，出版前也必然要得到局里的核准、调整，这样一来，舆论将会把这部小说视作官方的态度。咱们局被置于风口浪尖还是小事，如果对整个国家的历史态度产生疑问，以为国家要对王室、大总统、小总统等等重新评估，那就是添乱了。”

张力说完，发现何处长很专注地看着自己，他有点困惑地低下头。

“小张，你成长很快啊，刚才这番话的眼力，考虑问题的全面，令我肃然起敬。”何处长把张力着实夸了一番，“你说得没错，就品质而言，这个小说完全可以出版。可是咱们要考虑可能的影响，而这部作品的关键就是虚实，什么是真实，什么是虚构。虚实要就作品而论，更要就作品可能产生的影响而论。比如，小说中提到的日新通讯社，究竟是纯属虚构，还是有现实对照？如果纯属虚构，在书写一个国家的命运时，如此重要的环节完全虚构，是否合适？如果有现实对照，它究竟对应什么？难道是中心通讯社吗？那又该如何避免不同层面的对号入座？”

何处长问了一系列似乎并不指望张力回答的问题，再次陷入沉思。忽然，张力见他又将提纲翻回到第一页，盯住某个地方直直地看着。

“你再说一说，这位温老先生是什么样子？”何处长说。

“嗯，嗯。一头白发，身形高大，不怒自威。”张力把之前说过的话重复了一遍，竭力回想着老人的模样，“他举止优雅，不是后天习得的优雅，像是生来就有。他态度谦和，但说话、仪态，都透露出一种权威感，应该是长期位居要职养成的做派。对了，他的眉毛也是白的，眼睛比一般人深，鼻子也比一般人高，但是也没有到需要用‘深目隆鼻’来感叹的地步。”

张力说的时候，何处长仔细听着，紧紧蹙着眉头，显然是在记忆里搜寻这位老人的可能线索。“深目隆鼻”四个字出口时，张力看到何处长的眉头倏然舒展开来。

“好。很好。这样，小张，事出偶然也事出突然，这部作品关系重大，不是我个人决定得了的，需要报到局里。你先回去处理其他工作，一有消息我就通知你。不过，你也可以提前考虑，如何跟进这部作品。

如果温老先生在此期间联系你，你就如实说，局里还在讨论，你会尽可能催促局里尽快给出意见。”

何处长放下提纲的一瞬间，张力眼睛花了一下。走出何处长办公室，张力边走边琢磨，在走进自己办公室的瞬间，他一下想明白了：刚才眼睛花是因为，何处长本就白皙的双手在放下提纲的瞬间，似乎一下子又变白了不少，都快透明了。

14

爱伦也变白了不少。

最初只是尾巴的三分之一，现在整条尾巴不说，从两条后腿往上，下半身有半截都已经白了。张力还抓住爱伦的后腿看过，脚趾缝里的毛、脚下的肉垫、脚上的趾甲，统统都白了。皮肤不好分辨，看了好几次，都觉得白毛覆盖的皮肤白皙，黑毛覆盖的皮肤黝黑。张力也知道这是心理作用下的错觉，可是能怎么分辨呢？除非等到所有的毛都白了，黑猫变成了白猫。或者，透过皮肤看看肌肉，看看骨头，乃至看看内脏，才能进一步确定。

不只是面积，还有颜色。虽然都是白，可是爱伦身上的白已经出现了不同层次。也许是整体面积不大，形成的对比没有那么强烈，因而常常是乍一眼看过去，分明能看到爱伦的白从尾巴往腹部走，呈逐渐加深的趋势。也就是说，白也在褪色，白得越早的地方褪得越厉害，以至于尾巴尖有一撮毛都快透明了。但这种一眼望过去的印象，又在定睛细看下模糊起来。真的有层次吗？白挨着白不也是白？白上叠加白能够更白到哪里？抱着爱伦，在它身上寻觅白，仿佛要抓出一个稳定的纯净的白出来的动作，常常以张力这样抽象的自问而告终。

不只是面积和颜色，还有速度。爱伦变白的速度无法精准测量，但是速度在加快是可以感受到的。虽然这加快就像季节变换、斗转星移，只有在出现结果的时候才能惊觉，只有在惊觉的时候，才发现量变累积到了质变的边缘。张力记不清楚爱伦整条尾巴变白用了多少时间，也记不清楚爱伦的屁股、后腰、后腿变白用了多少时间，他只是在等了四周也没有等到局里有关《命运与抗争》的意见，认定这件事已经被冷处理了，再度回到日常工作的时候，才发现爱伦已经变成了黑白猫。这么一留意，他就觉得爱伦每天都在变化，每天都在变白、变浅，甚至看它的时候都不敢眨眼，生怕眼睛一眨，爱伦彻底变成了白猫。

爱伦似乎意识到房间里多了一只白猫，而没有意识到是自己在变白。尾巴全白了之后，爱伦经常以发疯的劲头追逐尾巴，想咬上一口，或者想要它陪自己玩耍，那时候对爱伦来说，白色的尾巴也许更接近一根绳子、一件玩具。等到后腿、后腰也都白了，爱伦就认定多了一个同伴，苦于这个同伴总是隐藏起来，爱伦经常要弄各种心眼，要把它引出来。在房间里走着、趴着、卧着的时候，爱伦会猛然回过头，盯着白色的伙伴看，然后开始追逐和咬的游戏。也许是这个白色的伙伴过于神秘，有时候会让爱伦大为光火，利用卧着的有利机会，和它厮打起来。张力就不止一次看见过卧着的爱伦张开嘴巴，猛地一口咬住后腿或尾巴，作为反击，后腿像蹬车轮一样在它脸上抓挠，直到前腿看不过眼，强行摁住后腿为止。开始一两次看见爱伦这么跟自己过不去，张力乐不可支，后来他不知怎么就觉得有点心酸。不过张力也没有喝止过爱伦，他只是撤掉了家里的镜子。

也带爱伦去看过医生，宠物医院的医生大多表示没有经手过这种病例，一番检查后，他们都确定爱伦没有任何疾病体征，有两家的医生甚至语带狐疑地再三和张力确认：爱伦原来确实是纯黑色的猫吗？会不会记错了？没记错啊，会不会这只猫根本就不是爱伦？——张力只好半无奈半愤怒地离开了事。

只有一家医院的医生提出，爱伦有可能患上了白化病，可还是这位医生，在对照着一本书上的描述，逐项排除了爱伦患上了白化病的可能性后，笃定地说，爱伦是他见过的，最健康、活泼的猫咪。这位姓蒙的医生建议张力不要再四处求医问诊了——孩子生病了必然会影响到精神，蔫头耷脑，猫和孩子一样，现在爱伦没有任何萎靡的表现，这充分说明，爱伦是健康的——在这样奇妙的三段论后，蒙医生又说，动物身上也不时发生一些神奇之事，猫尤其如此，这些神奇之事一定预兆了什么非常之事。如果爱伦真的是在变白，那张力能够做的，也就是等待非常之事来临而已。最起码，变白不会无止境的，等到爱伦彻底变成白猫，就水落石出了。

花了几个周末，把城里所知道的宠物医院转了一圈后，张力终于决定放弃了。就算去了给人看病的医院，就算真的有医生不翻白眼、愿意看一下爱伦的情况，估计结果也不外乎是宠物医院那样。张力觉得，爱伦不会停止变白，等到它全部变白一定会发生什么，那就等着吧。

爱伦持续变白带来的唯一有限影响，就是张力每次想到有可能在电梯里面碰见1503的那个女人就有点紧张。那一次没说几句话，也没有任何要进一步来往的意思，大概是孤单生活中见到了一道和人交往的缝隙，也有可能是因为毕竟在一栋楼里，心理上总有点莫名其妙的亲近感。那次见过之后，张力时不时就会想起女人来，猜想她病好了没有、休假是否结束，进而想象她具体多大了，做什么工作的，日常生活是个什么状态，在家里究竟是个什么样子，再扩大一点，她是否单身，结了婚还是恋爱中，她喜欢什么样的男人，有些什么样的日常爱好，在这些爱好中又偏重什么趣味和口味，总之，所有和一个人相关的事项，张力都以想象在这个女人身上过了一遍，就像是拿着林林总总、不一而足的服装，一一试穿下去。

本来没什么，见到了就点点头、笑一笑，打个招呼、寒暄几句，一来二去更熟了之后，还可以聊聊天，甚至去女人家里玩，或者邀请女人来家里坐坐。最起码，可以拿爱伦做引子，一句句聊下去，一步步深入了解，最终确定女人现在的具体情况，究竟是哪一套衣服穿着在身。可现在爱伦变化这么大，让张力一想到女人就有了一点说不清道不明的羞耻感，仿佛自己引发了一件糟糕的事情，对于情况的恶化，负有无法推卸的责任。只要想到女人的时候，张力就会感到如此来路不明的不安，这让他更无法面对女人，连在想象中都不行。因此，张力每次进了楼里的电梯都异常紧张、压力倍增，只好尽可能显得不那么怪异地低着头，冲着电梯壁，祈祷着女人不要走进来，走进来也不要认出他，认出他也不要提起任何和爱伦有关的话题。

不管是低头贴壁降低了被女人认出的概率，还是祈祷真的起到了作用，张力确实没有在电梯里面碰见女人，也没有在他视线可及的范围内，在电梯轿厢里看到一双有可能属于女人的长腿。

总算还好的是，女人和张力的客厅窗户冲着楼下车水马龙的这条要道。每天下班，张力都可以抬头望一望1503，看看窗户的开阖、窗帘的动静，想象一下女人的行踪或行为。如果确定女人还没有回家，那么这个晚上，他还可以不时走到窗边，看看下面小区门口的那条人行道，看看这条进入小区必经的人行道上是否会出现女人的身影。

15

张力接到何处长电话，来到他的办公室，正要循例在对面的椅子上坐下，何处长摆了摆手，站了起来，手里拿着一个文件夹。

“《命运与抗争》，局里的意见下来了。咱们一起去领受。”何处长走过来，拿文件夹在张力背上拍了拍。

“好。”张力看了眼手里的笔记本、签字笔，一会儿可别记漏了什么。

“别想了。局里的意见，如果需要准确传达，自然会成文发给你。如果是领会精神，灵活执行，听着就是了，不需要记，也不能擅自记。”何处长读准了张力的心思，笑着说。

“得了。你干脆，手里的东西先放这儿，一会儿再来拿吧。”

何处长走到门口，又回头这么叮嘱了一句。张力一下感觉到了事情有点不寻常，没有多话，笔记本和笔放在了何处长办公桌这一侧。

张力跟在何处长身后，两人乘电梯到了十层。楼道里灯火通明，仿佛楼道两侧漏进来的光线不够充分，也仿佛灯光的意图正是为了阻挡这些自然光芒，还仿佛这些人造的光线正好拿来制造某种情境。

十楼全部是会议室，如果房间是按顺序编号的话，那正好十八个。可以想见，其中有些会议室将会大到足以容纳几百人。何处长带着张力，一路上无话，来到第一会议室前，轻轻推开了虚掩的门。

这是一个只容得下四五个人的小会议室，一张条桌，两边各摆放两张钢化椅，上首也有一把椅子，下首也就是靠门这边没有椅子。现在上首的椅子上坐着一个人，他低着头在看手里的一份文件或资料，听到门响，抬起头来。

出于礼貌或者规矩，张力在看了一眼对方之后，迅速垂下了头，看着桌面。可是张力的心里，却是波涛汹涌，难以平遏。

那个人戴着一顶几乎遮住了大半个脑袋的帽子、一个宽大的兜住了下巴的白色口罩，整张脸也就露出了一双眼睛。张力看过去的时候，正好碰上这双眼睛，那目光中的锋利、厚重，让他有种被人同时用刀刃劈砍、用刀背敲砸的疼痛感。而在那一瞬间，那目光又越过了张力，向外围扩散，如同大海的浪潮，苍茫、澎湃、辽阔，可以洗净一切琐碎，可以容纳一切巨石、厚土、破碎、残渣，让其自然被吞吐、被耗蚀，让其自觉其渺小。

"张力，你好。请坐。"那人并不等待张力，说道，"何处长，你也请坐。"

"小张，这是柯副局长。"何处长一边介绍，一边将张力推到离柯副局长更近的那张椅子上，自己也在靠门更近的椅子上坐下。

"柯副局长，您好！"张力有点冒失也有点别扭地从桌面上伸出手去，柯副局长握住了张力的手，手上戴着一时间辨认、感觉不出材质的手套，薄、韧、柔，他的手倒是实打实的坚硬、有力。

"小张，我今天代表局里，和你谈一下《命运与抗争》的处理意见。"柯副局长开口了，口罩并没有让他的声音含糊、濡湿。"首先，局里要对你提出一次口头嘉奖，正是因为你的耐心、热情，让这样一份举足轻重的提纲，让这样一部和国家共命运、同抗争的小说的提纲，没有丝毫耽误地运转起来，在第一时间，被纳入了暗经验局的机制内。”

“谢谢局里，谢谢柯副局长。我，我，我只是做了应该的工作，这也是，这也是，这也是我在这里上班一年多来，工作环境、氛围对我濡染的结果。”

“嗯。”柯副局长点点头，表达对张力得体应对的赞许，表示这个话题到此为止。“局里讨论决定，《命运与抗争》不仅应该提纲获得通过，整部小说也应该尽快完成，早日出版。这部小说不仅是一部以文学手法对当代历史描述、阐释的作品，它更代表了作家们对介入历史、介入当下，对一种国家情怀，一种国家英雄主义，一种民族自豪感的呼唤与认定。这部作品的出版，将是我们国家，尤其是在国王陛下带领下前进的时代语境中，一次伟大的总结、伟大的呼应、伟大的召唤。因此，局里要求，必须给予你一切需要的支持，让你能够全天候地协助温国华先生，早日完成这部作品。同时，你也肩负着让这部作品时刻行驶在正确的轨道上，在光明的康庄大道上疾驰的使命。有鉴于此，局里特作出以下安排 ——”

张力正听得入神，右胳膊忽然被何处长碰了碰，便紧随何处长站了起来。

“有鉴于此，局里特作出以下安排 —— 第一，张力从一切日常琐事中解放出来，所有的精力和心力都用在协助《命运与抗争》的创作上。”柯副局长说到这里，再度轻微地笑了笑，“当然，所有的精力和心力是指工作期间。尽可能只在工作期间吧，这要视你与温国华先生的工作时间安排；也可以说，只在温国华先生需要你期间。第二，张力仍旧隶属于筛查处，由何处长直接领导，《命运与抗争》的一切事项，尤其是把握不定之处，可直接找我。第三，筛查处应当竭尽全力，调动一切需要的人力、物力，配合张力的工作。”

“何处长，”柯副局长忽然语调轻松地转向何处长，“请你去九楼为张力安排一间单独的办公室，空间不要太小，可能受到的干扰不要太多。”

“张力啊，你不要奇怪，局里怎么会这么兴师动众。”何处长领命出去后，柯副局长的语气更见亲密，“我们局，从上到下，尤其是孟局长，都很希望能够见证一部伟大作品的出现。《命运与抗争》也许达不到那个程度的伟大，可是它有着良好的苗头，如果这部作品引导好，出版好，示范效果不容低估。说不定，就能开创一种伟大写作的风气。因此，局里才对你的工作寄予了如此的厚望，也给你施加了不小压力。年轻人嘛，越有压力越成长。你有没有什么要求、想法，要和局里提前说明的？”

“柯副局长，我自己没有什么要求，不过，我确实有件事。”几次三番都没能压制住这个念头，张力索性说了出来，“我不久前筛查到一个小说提纲，只写了前三章，小说名叫《宠人》，作者是萧峰。我最终给它确定的类别是科幻小说·家庭故事，如果一定要严格过滤，这个小说也许有逻辑不够严密、部分情节荒诞不经等缺点，但是它展现出来的对人类可能处境的忧虑，对人类尊严的执着，对家庭作为价值核心影响人类理智、情感的辨析，都显得生机勃勃，尤其在我们国家的写作里面，殊为少见。有可能的话，我想请柯副局长，也想请局里能够给予这部小说更充分的审视空间。”

张力说的时候，柯副局长一直注视着他，似乎这样能一字不落地听进去。等张力说完，他在随身的资料上写下“《宠人》”“萧峰”，并和张力确认。

“好，这件事我知道了。你应该对局里的工作，对你的同事有信心，这样的作品是不太可能被漏掉的。除非，他们从字里行间读出了你当时忽略掉的内容。”柯副局长说。

“我当然有信心。我也是被您问到，纯属多虑地说一下。”

柯副局长摆了摆手，随后拿出一个信封来。“这是一个朋友给我的，他的爱人很多年里都在不停地写，写得他都很担忧了，可是他又拿不准这写的是什么。这个朋友就复印了几页内容，让我给看看，断定一下这是否属于文学创作。如果是，有没有机会，有没有必要在适当的时机出版。如果不是，他也就要么劝爱人不要写下去，要么听之任之，让她有这么个爱好也好。反正，我这个朋友说，他爱人从来不把写的东西示人，连他都是私下里复印的。”

张力接过信封，塞进衣兜。等他塞好，何处长推门走了进来。

“柯局，张力的办公室已经安排好了，我一会儿带他去看看，今天就让他交接完手里的工作，搬进去。”

“很好。何处长，《命运与抗争》是局里的重点，我们要充分相信年轻人的判断力，这部小说在完成前，咱们都放手让张力去跟进，督促。除非他找到咱们，不然咱们就别干扰他工作了。”

“是。您放心，我一定做好后勤工作。”

“张力啊，局里对你就两个要求。对这部作品不能留有情面和私心，一定要按照暗经验来绳约它。《命运与抗争》必须在三年内完成、出版，作为国王登基十五年庆典的献礼，书出版后，局里将主导系列推广活动，这个时间点没有任何可商量余地。”

柯副局长说完，直视了何处长和张力足足一分钟，随后站起来。

“好了。今天的小会就到这里。”

16

因为局里的意见，因为柯副局长传达的精神，张力一整天都有点恍惚。交接工作，搬到九楼，他都如同隔着毛玻璃旁观，不真切又不切身。给温老先生打电话时，他也清楚地传达了局里对《命运与抗争》的重视、接下来的安排，并约定第二天上午九点在幸福咖啡馆见面。挂上电话后，他回想着温老先生的淡定，觉得刚刚像是在梦里通话。

下班后，走在局里的大道上，身边都是半生不熟的面孔，走出局里的大门，看着那些人影四散开去，这种恍惚感并没有随之消失，而是像雾气一样，越发浓重。张力有点犹豫，究竟是直接回家呢，还是找个地方喝杯咖啡，或者干脆喝杯酒。

“小张，小张。”一个声音从后面叫着他，赶上来，是原来办公室的老李。张力不想和他说话，便只是勉强挤出笑容来点点头。

“我一看背影就是你小子！怎么，工作压力太大？下了班还这么魂不守舍的样子。我告诉你，这就是份工作，上班来干活，下班就放到脑袋后面去，对得起咱们拿的那点钱就够了。那么卖命干吗？你还真奔着处长、局长去啊？！没什么意思，我告诉你吧。你越往上，越不是你自己了。越往上，也就越不是文学了。”

老李一连串的话，比往日多了点实质，可到底还是牢骚。最后这两句话固然让张力心里微微起了波澜，可是他不想在局门口公然说这些。不是你说的，可你不也还在听吗？但毕竟曾是一个办公室的老前辈，总不能转身走开。

“李师傅，您有时间吗？请您喝一杯。”

“别啦。别叫什么李师傅了，本来也就是痴长了些年岁，出了大门更没必要了。叫老李吧。老李，叫一声。”

“老——老李！”

“诶，对了。你别嫌我倚老卖老，没那意思。不过是看你眉毛都快拧到一起了，逗你放松放松。喝，就不喝了。你陪我走一站地，咱俩聊两句怎么样？”老李说完，像个父辈地伸手揽住张力，不紧不慢地迈步往前走。

“我也知道大家觉得我牢骚多，今天呢，也不跑题太远。小张啊，人都有自己的选择，选择也是天生的权利。我自己不求上进，不代表我对认真工作、走正道上进的人就会腹诽、非议。总得有上有下，有主有次，才有能够推进事情的结构。但不管怎么样，对于到了什么位置，其中的得失取舍，一个人总得心里有数，才算是负责地运用选择的权利。”说到这里，老李停下来细看了看张力，甚至抓过张力的手细看一番，“我有点为你担忧，因为你白的速度太快了。”

“什么？！”张力疑惑、震惊夹杂地看了看老李，老李和他才进翻检处时的模样看不出来有什么变化，可要说白皙一些了，也似乎没法否认。张力拉过老李的右手，伸过自己的右手，并在一处。这样更明显一些，老李手心、手背的皮肤都很柔嫩、白皙，手背上的静脉毛细血管都很清晰，可这些也都在正常范围。

“咱们局，从创办局长孙玉甫算起，迄今十二年，加上现在的孟局长，前后四任。孙局长就担任了一年，接任的周局长五年、麻局长四年，孟局长两年前上任。从周局长开始，局里就出现一个趋势，职位越高的领导、工作越出色的员工，都会越来越白，皮肤、毛发，莫不如此。一开始，这自然引起了一些议论乃至恐慌，可是等到确定这种变白和健康状况没有任何关联，更不会导致健康恶化时，很快就形成一种说法，认为这是咱们工作性质决定的，文学要求它的服务人员必须纯洁，必须与暗经验相融，乃至成为暗经验的一部分。这个说法提供了便利，局里依据外在的变化，就可以判定什么样的人在用心工作，适应工作，因此人员的提拔、任用就有了硬性的外在标准，形成了局内可参照的也可称之为绝对的公平。这种说法还被后续的事情证明 —— 从周局长后期，变白开始往透明进化。据说，周局长退休时，皮肤和肌肉已经完全透明，去掉衣物后，身体内部的运行，五脏六腑的模样，一清二楚。到了麻局长退休时，据说只有眼睛和心脏还能看见，全身其余部分完全透明。而孟局长上任时，已经完全纯洁，完全融入暗经验，只有他看见别人，别人都看不见他了。据说，每天孟局长到了局里，脱下衣服鞋袜，摘下帽子、口罩、墨镜，就完全消匿无形，因而能自由无碍地在局里各栋大楼行走、巡查。”

“什么？！”张力这次是纯然的震惊，柯副局长的样子赫然浮现眼前，让他不得不相信老李的话。可是一个纯然透明的人是什么样子？这超出了他的想象。按照老李刚才的话，孟局长想必下班后是会穿上衣服、以外显的人形行动，可张力还是不由自主地在身边左顾右盼一番，看看有没有莫名其妙的动静，证明孟局长就潜伏在身边。

“没有这种可能，不要紧张。”老李看穿了张力的心思，“按照设想，暗经验局是文学的生发地，也是文学的准绳。文学影响并决定人类的心灵，话可以这么说，可是暗经验局的职责范围，绝不能超过文学。它只负责对文学、思想、心灵进行规范，校验，但是不能以此监察、控制思想。因此，孟局长能全然透明，行隐形之事，但他也只能在局里施展，一旦他隐形的范围超过了局里，自然会被监控到，一系列麻烦也将随之降临。这也是局里透明或半透明的高层大多数时候都以遮遮掩掩的人形露面的原因，透明或半透明证明了他们对国家、国王、文学的忠贞，可也是他们生活的束缚。越是忠贞，束缚越大。”

“你说设想？谁的设想？”

“第一任局长孙玉甫的设想。”老李揽着张力走过红绿灯，“据说他不仅参与了暗经验局的创建，整个国家的框架也大多有他的智慧在其中，他种种的设想，都是为了国家结构的稳定。好了，我们不说这么遥远的事。我还是要说说你，不管你现在工作热情多么高涨，不管你对文学产生了怎样予取予夺的权力感，我都提醒你，不要进化得太快。不考虑迅速给你腾出上升空间的可能性，单单说，做一个透明或者半透明的人，那是一种荣耀没错，可那也是诅咒。一个随时能让人看到肺部开阖、心脏跳动、肠子蠕动的人，必然是日常生活的怪物，怎么可能拥有正常的生活？更别说完全透明，在世人眼里再也不存在了。就算你对这种荣耀、诅咒志在必得，能不能让它晚一点到来？”

老李这些话让张力哭笑不得，难道自己在别人眼中是这么求上进的人吗？不过张力没有辩解，他知道辩解没什么用，况且，他还有更重要的事要问。

“老李，你刚才说的这种变白、透明化的情况，会转移或者感染吗？对不起，我可能用词不当。我是想问一下，这种情况会影响到身边的亲人、朋友，乃至于宠物什么的吗？”

老李疑惑地看了张力半晌，才费解地摇了摇头。

“我没有听说。不太可能吧，如果那样的话，不真的成了传染病了？”

17

身体繁史

……我还是我吗这个躺在床上沉浸在回忆中的人如果不是……这个从上面离地一米的地方俯瞰的人又是谁……鼻息……一朵花的鼻息一匹马的鼻息柔弱粗重……各行其是……两只耳朵不正是为了分别对应而位居左右……拂动又践踏……折中就离身体太远了……啊……唤不醒索性不唤醒……飘荡吧……随意随性……手指能够找到一切不就是靠了手指找到自己的……沿着皮肤找到地图……索引导向指南都不在话下……还是吐出了舌头……就在手指缠绕的那一刻十指交叉在十指交叉这些分叉的鹿角鲜嫩的枝头都从里面抽出芽来……离不开否定句和比喻……在床上和一整个春天共情……慵懒得听得到每一块骨头都扑簌簌酥软下去脆掉了一层皮……捡起来再放下捡起来再放下……捡到铃声响的时候成了粉末……我自己的粉末……调和后抹在脸上就不再是了……一张无人的脸……

……回过头的……在大街上回过头的……他们回头看我

不知道我也正在回头……回头看见翅膀在扇动……飞升到阳光分界线旁……这边是光明这边是黑暗……他们都看不到光线是分了层的看不到翅膀……她们只跟从纷纷打开了随身携带的翅膀……太绚烂了……海棠花瓣樱花瓣桃花瓣拼合成翅膀……抖动一次就落英纷纷如雪如叶……需要停下来需要耐性等待……她从后面飞过来迎头赶上后来居上……从回了头的位置正回来又是一次回头……她落到电车电缆上面落到红绿灯柱……嘬嘴而无声就静静地望下来……等待一场雨……我当然要向她招手提醒她不要忘记我不要落下我……沉重是沉重了一些……屏住呼吸加快频率在地上卷起漩涡龙卷风的助力……总是能够飞起来的……起飞后什么都简单了……负荷也轻了一些……要不是我往下望橱窗上的玻璃要不是我看到里面冷漠的模特要不是我看到模特同时长着我的脸她的脸……会不会就没有那么轻松了……

……岩石归岩石……钟乳石归钟乳石……零零星星的野草归零零星星的野草……松动的土壤归土壤……列数了一遍又怎么样……到了洞口还能够不得其门还能够空手而归赤身而返……侧着身也是进正着身也是进倒立着也是进挺立着也是进匍匐着也是进倒退着也是进……怎么进去就怎么出来……后面的事到了后面再说……盲听盲视依仗嗅觉意念……点燃火把举着手电照亮局部……听着嘀嘀嗒嗒就是不见水流……看见暗河汹涌就是悄无声息……这是一样的……一样的是都得往里……有进就有出……再痴迷也不能一去不

复返……唱两句壮壮胆总是可以的捡起石头画下标记写下到此一游是可以的……归属明确然而并非闲人莫入……还是感受……四周的风光……洞穴的风光是壁画……肉眼所见都是壁画……哪里不是壁……每一帧画面上每一个物体上都有一双眼睛……沉默的眼睛只看到一双更大的更沉默的眼睛在洞穴的尽头注视着……

……身体折叠起来……手掌抵着脚背手指头抓住脚趾……十对十的游戏……小臂贴着小腿肉贴在骨头上……皮肤摩挲皮肤……那光溜溜地在上面产卵的青蛙……嘴里衔着青草上的泡沫……上臂贴着大腿……从两侧绕过去……谁这样抱着自己都是自己的婴儿又是自己的母亲……谁不是她腹中的胎儿……乳头戳在膝盖上……可以完成到这一步完成到她们冰冰凉凉的小姐妹又冷又硬刺激到乳晕扩张……小腹贴在大腿上有没有办法缩小空隙就像锁好线……如果可以还要左右折叠……一条腿折叠进另一条腿一半阴唇折叠进另一半左边屁股折叠进右边左边大脑折叠进右边……折叠后留出足够的空间……给你……折叠成了这样一本书……请翻阅……

18

柯副局长信封里的三页纸上都是这样没头没尾、以省略号做间隔的文字。张力看完，再看看第一页最前面“身体繁史”四个字，和正文娟秀、笔画间有几分修饰意味的字体比照，显然是另一个人写上去的，看字迹的英挺，多半是个男人。张力无意揣摩文字的本主和写这四个字的人是什么关系，他也不关心柯副局长和这两个人究竟是什么关系，不过这千把字倒是激起了他的兴趣。

这些文字心理活动、身体描写交缠，幻想与现实杂糅，就内容而言，基本上都是女性对身体的敏感，由身体而唤醒而激荡的内心潮水，说是日记，说是随感，说是由来有自、源远流长的私小说都未尝不可。不过让张力分外瞩目的是，这些文字隐隐约约流露出的分裂意识以及对这种分裂意识的自觉，更进而有对这种自觉的嘲讽，如果读到全部的文字，也许能够读到作者意识这种无止境地析分、下滑。真是那样的话，作者将是用文字构筑了一座回环曲折、封闭自足的镜子的迷宫。这迷宫内有出口与入口，但因为不断分解，因而总在过程中，毫不死气沉沉。又因为这种分解得来的像是一个人或者两个连体人被无限多的镜子从不同角度纳入其中的分身，迷宫里便总是人影憧憧却又空空荡荡。

发出一声喊呢？张力自问。如果这徜徉迷宫中的人喊一声，不用撕心裂肺，喊破喉咙，只是悠扬一声。镜子是不是应声破碎，第一面镜子碎掉后，是不是就像推倒了重影的骨牌，镜子的迷宫随之崩塌破碎成渣？张力在想象中听到了镜面跌落地上的声音，听到了碎片四溅的声音。但他知道，迷宫不会就这样灰飞烟灭，也许，数量接近无限的镜子碎片作为无限的更加细微的镜面，将无限映照，无限重演迷宫的跌落、破碎。

然而那个声音呢？张力抚摸着爱伦，手掌和手指沿着黑向下进入白，再进入近乎透明的区域。那个声音不会解救迷宫中的人，没有意愿，没有空间，镜面再微小，也释放不出生就其中的人。她必然也只是迷宫的创造者、王者、囚犯、流浪者，哪怕碎成渣、碎成粉末，只要镜子还有实体存在，还能反射、折射，她就存在。

这不就是那个“爱人”持续写不停写所构造的吗？

“喵呜 ——”爱伦忽然站起来，沿着张力的右腿滑到地面上，去吃小碟子里的猫粮。

张力看着爱伦伸长脖子，夸张的小鸡啄米一样的吃猫粮的动作，笑了起来。他放下《身体繁史》的这几张纸，去给爱伦的浅口陶碗里换上新的矿泉水，拍拍爱伦的脑袋。爱伦果然听话地伸过脖子来，喝了几口水。

老李下午没有回答张力的问题，可是张力也的确找不到其他理由，能够解释爱伦为什么正在变白、变透明。肯定是他的心智、看待文学的眼光、思考问题的方式越来越与局里定义的暗经验合榫，导致某种能量附着在他身上 —— 姑且这么解释吧，整件事情不就是普通的道理、逻辑解释不通的吗 —— 再经由他传递给爱伦。也许是他给爱伦讲自己经手过的提纲造成的，也许是纯黑的爱伦更易于被白色与透明感染？

也许还有一个原因。在老李的描述中，白化、透明化是逐渐增强的过程，从第一任局长到现在，如果把白化、透明化的原因称为某种能量的话，那这种能量不但日益强大，甚至开始具有了传递功能。而且局长、副局长、处长，还有其他工作能力突出但并没有获得什么职位的同事，他们感染的力量肯定比张力强，传染的范围肯定远不止一只猫。如果这个推论合理的话，按照这个速度，再过去几十年，再经过几任局长，暗经验局将是何等情状，它将对国家产生何等的影响？

对此，张力也只敢稍稍想一想而已。他必须停止继续往下想，不然他将丧失继续工作的力量，也将丧失马上为爱伦洗澡的兴趣和能力。

19

第二天九点，张力如前一天所约，来到幸福咖啡馆，温老先生和干巴老头小赵已经等在那里。他们要了一张偏僻、空间也相对从容些的桌子。

“张先生，麻烦您大老远跑到这边来，实在不好意思。我和店里说好了，这张桌子今后一直留着，供温老和您工作用。今后有什么需要我去做的，您尽管吩咐。温老说了，今后就当您是他，让我一定打起精神，不让您分心耗力。”小赵看见张力先站了起来，说了一番颇让他惊讶的话后，坐了下来。

“小张啊，时间有限，多余的话、感谢的话我就不啰嗦了。归总还是那一句，如果真能把这个小说完成好，是咱俩的光荣。”温老先生今天的精神状态比上一次好多了，他没有再啰嗦，而是递过来几张纸。“上次劳烦你整理出来的提纲基本上就是这部作品的框架了，我这段时间主要针对第一部分第一章写了个详细的说明，你看看。”

这个说明巨细靡遗地把第一章可能涉及的场景、人物、用品都罗列了出来，孔府的历史源流、人员结构、府邸框架，家宴的菜单、备料、秘方，包括几位厨师的性格特点等等，都一一在册。国王那边，则涉及亲临宴会动议的提出、缘由、目的，随行人员的构成等等。如果按照这个说明写出来，光是第一章就得十来万字。

“这一章可能用到、参考的主要资料，我都带来了。”温老先生示意小赵从脚边拎上来一个大的文件包，取出一个个封闭的文件袋，上面标好了序号，写着关键词。“家里的资料已经陆陆续续快整理完了，有些还得去图书馆查找。不过你放心，我绝不因为资料耽误进度。不管来不来得及向国王陛下献礼，尽快完成这部作品，局里的这个决定是对的。时间不等人啊，小张，等你到了我这个年龄就明白了。”

“温先生，我明白您的想法，不过小说毕竟是小说，可以用现实的资料为参照、依据，却不能，也没法照着现实一笔一画地完全描摹下来。您这几十年，肯定经历了大风大雨，波澜壮阔，您也有很多人生经历、生活感悟，但是咱们要完成的是一部小说，而不是个人传记，因此还要根据小说的运转法则来进行，还要根据小说内部人物性格、人物关系来安排事件与事情——对不起，温先生，因为时间紧迫，工作量又大，我就想到什么说什么，不跟您客气了。”

温老先生听得认真，最后宽厚一笑。

“小张，你别有什么顾虑。我是第一次写小说，确实像你说的，恨不得把自己经历的，想到的，统统放进去。所以要让你受累，来给我指导，你尽管按照你的经验、判断，你对小说的理解来告诉我，我能遵循的就遵循，不能遵循的，咱们一起商量怎么取舍，怎么安排。你看行吗？”

“好的，您别客气。这部作品您是创作者，我不过是从旁协助，争取让它一直在主干道上运行。比如这第一章，已经主体饱满、枝节丰富了，唯一需要再处理的，也就是修枝剪叶、分清主次。”

该说的话说完了，工作就继续往下进行。张力在温老先生的说明上，用不同颜色的铅笔标出了情节的等次、内容的层级，哪些地方应该再翔实细腻一些，哪些人物应该再添彩着墨，哪些地方应该大力删减，甚至完全删除，都一一标出。按照这份标识，两人再讨论确定。等到枝干勾画清楚，温老先生就按照它口述，张力在打字机上记录。每口述完一节，两人就在打印纸上再度修改，以完成初稿，保存下来。

没用几天，两个人就以此为基础，建立了良好的工作程序与节奏：温老先生晚上回家或者周末在家写一章的说明，完成上一章后，见面两人就讨论完成新一章的梳理与取舍，然后温老先生口述，张力在打字机上敲打，最后在打印纸上修改完初稿。

除了温老先生一次生病休息了两个月，接下来两年的绝大部分工作时间，张力和温老先生都是以如此的工作方式一起度过的，连幸福咖啡馆的服务员都对张力非常熟悉了，偶尔他们还会很好奇地问张力，究竟在和温老先生完成什么了不起的作品。这时候，张力就会故意压低嗓门，以人们熟悉的神秘语气说，是温老先生的回忆录。

作品进展很顺利，但也比张力预想的更加卷帙浩繁，出于工作顺畅的考虑，他们按照一二四五三的顺序来完成小说的五部，可是第三部分还没有开始写，前面四部就已经一百六十多万字了。按照这个容量，第三部分预计得七八十万字才能平衡整部小说，撑起它的结构与空间。

为了减少返工，张力向柯副局长汇报过几个问题，希望局里能够早日定夺。比如，老国王、大总统、小总统以及其他多多少少影响过国家走势的实力人物，他们的形象、褒贬是否完全遵循已有定论，还是可以出于小说的需要，在适当范围内重估、重塑？比如，国家动荡时期数百次大小战争、战役的残酷，各种政治权谋、纵横手腕，是可以如实还原，还是应当照顾读者感受、现实影响，点到为止？比如，隐藏在历史潮流中的暗礁，看似偶然、无足轻重，实则产生了根本性、决定性影响，像老国王为了保护王室至宝翡翠战车而错失了与大总统决战中抢得先机的三个小时，尤其是大总统绝对是性瘾深重的风流成性造成他与诸多倚为臂膀的手下的家室有染并且私生子满京城，间接促成了人人都视小总统为难以兼容的竞争者，这些究竟如何表现？更为关键的是，第三部新闻报道的选择原则，它直接决定了这部小说的基调，张力希望局里能够给出几条指导性意见。

然而，对于张力的要求，局里经过讨论后，由柯副局长传达的意见却是：因为时间有限，也因为对张力能力的信任，如此大部头的重要作品，不再在创作过程中给出硬性指导，一切留待完稿后，局里组织专人一次性审核。

“你就按照小说自身的要求来完成它吧，同时，你要对局里的精神吃透，事事以暗经验局会怎么判断、孟局长会怎么判断为准绳。”传达了局里的意见，柯副局长亦公亦私地向张力表达了他的理解。

20

天天来往幸福广场，张力反而没有去拜访过萧峰，连再一次刻意从他家楼下经过都没有。

张力告诉柯副局长，《身体繁史》是一部对写的那个人有意义，但是不应该出版，也没有必要出版的作品，因此就请他的朋友不要干涉，让他的爱人写下去吧。仿佛作为交换，柯副局长也告诉他，已经关照相关部门与工作人员，在坚持局里标准的前提下，尽可能促成《宠人》的完成、出版。

有了这个消息，张力总算心里踏实一些，也觉得在上了发条般投入温老先生这部作品创作外，还另有一点让他期盼的事。他想把《宠人》和萧峰放在后面，放在《命运与抗争》完成后，当作给自己的一个小小礼物。到时候去拜访萧峰，听萧峰讲创作《宠人》过程中的艰辛与欢乐，将是对他的犒赏。当然，他不会告诉萧峰，自己在其中起到的作用。为此，他现在不愿意去见萧峰，甚至不愿意离萧峰再近一些。他担心一旦见到萧峰，会忍不住打听《宠人》后续的发展。

在此期间，爱伦已经变成了一只白猫，已经从一只雪白得无法再往上面加一分白的白猫，慢慢地褪去了大部分的白，变成了若有若无的白，就像是在身上覆盖了一层冰，过厚的局部还朦胧模糊，其余的地方已经毫无阻碍，一眼望穿。晃眼间，更能看到爱伦红润的皮肤，皮肤上密布的血管。

毛色的变化会导致猫产生自我认同的问题吗？张力对此并不清楚。他能看到的是，爱伦已经意识到房间里只有一只猫了，不再伺机对那个神秘的伙伴发动袭击，仍旧自顾自地玩耍、折腾。爱伦的性格也随着由黑变白而更加活泼，连身手都比原来更加矫捷。从房间的这一头跑到那头、从某个角落猛地窜出来，或者在原地毫无征兆地弓着背高高跃起，甚至在空中翻几个跟头，这些常规动作早已小儿科了，就像一个立志要挑战自我的运动员，爱伦现在热衷各种高危高难游戏，而且这些游戏都是当着张力的面表演。也不知道张力不在家时，它究竟是如何独自疯狂的。

如果是早上，只要闹钟一响，爱伦就得到号令，从床上噌地一下站起来，几个虎跃就到了卧室窗台上，然后像一颗拐弯的子弹，嗖地从窗台射到床上，不偏不倚地落在张力的腹部。如果是平时，张力坐在客厅看电视、看书，爱伦噌噌噌几下爬到客厅最高的书柜上，以空中转体的方式，甩出一道极具魅力的弧线，落到张力旁边的沙发垫上。如果张力和温老先生遇到难题需要解决，回家过晚，等他伸手摁开关时，多半会摸到像粘钩一样挂在那里的爱伦。如果他只摸到了开关，爱伦一定已经蹲伏在什么地方，在他打开房间灯光的一刹那，它就会一个缩身、一个腾跃，像个抱枕一样扑进他怀里。

按照这个趋势，也许等不到《命运与抗争》出版，爱伦就会完全透明，隐匿不可见。虽然早已经买好了爱伦透明后该穿的衣物，以防它明明存在于自己的世界，却偏偏从他眼前完全消失，可是想到那时候只能借助外在的躯壳来确定，来说服自己，爱伦还在那里，还在撑起一个小小的空间，张力还是郁闷难当。他唯一能做的就是在每一次爱伦以花式运动的方式落进他怀里时，亲切地抱着它，顺着毛从脑后抚摸到尾巴，不停地搔挠爱伦的耳朵。

21

比预想的时间提前了三个月，《命运与抗争》用了两年一个月十三天就完成了。

这一天，当张力接过温老先生改好后的最后一小节，在打字机上重新打出一份干净的纸样时，温老先生看看纸样，又看看他，以自己都不敢相信的语调说："写完了。小张，咱们完成了这个小说。"

张力在那一刻强烈地感觉到手掌靠近手腕处的茧子磨着打字机，发出了一声摩擦牛皮纸的声音。他有点神经质地抬起了手，好像不这样的话，双手会马上燃起来，连带着将打字机也烧掉。

仿佛作为礼物似的，小赵从今天特意背着的双肩包里取出五个文件夹，里面分别装着小说的一部。小赵打开第五个文件夹，接过最后这一节，以守财奴的方式摩挲了一遍，才既不舍又安心地放到文件夹里。

一共五部，整个小说就呈现在了张力面前。较之于最初的提纲，小说已经发生了不小的变化，孔德笙在历史潮流中，在国家命运里，展现的作用比预想的要大一些。他一生的挣扎、抗争，他在情感上的纠结，在抉择时的犹豫，都比温老先生想象的要复杂，也比张力以为的更具生命感、说服力。张力原本是抱着尽职完成一项工作的心态来协助温老先生，小说完成的这一刻，所有篇章摆放在面前的时候，他才感受到自己对这部作品倾注了多少心血，自己对文学的理解，对经验的感知，又在多大程度上通过这次高强度的实践，内化成了身体的一部分。

"小张啊，谢谢你，你不光是帮我完成了这部小说，还帮我重温了自己的一生。这么说，不是要表明这部小说里面有太多我个人的经验，不，不是这样，小说里面有很多实际发生在我身上的事情不假，有很多场景、人物至今回想还历历在目。但这并不是最重要的，最重要的是，写这部小说，很多在人生岔路口我没有机会、没有意愿的选择，也统统来到了我的身上，成了我的一部分。以前我总想，写完这部作品，总结一下，这一生也就可以画上句号了；等到写完了，我发现，我就好像活了几世人，活了几种人生，这部小说没有总结我，反而让我获得了，新生。小张啊，我以前总觉得，小说没有什么了不起，就算有什么了不起，也应该被仔细裁剪、整修之后才能拿出来让大家看，是你、是这次写作，让我明白了自己的狭隘。”

温老先生说到这里，坐直了，双手扶着桌子，低低地垂下头，表示了谢意、敬意与歉意。不过他也没有让张力感到过于窘迫，很快便挺直身子，把小赵递上的一张纸转交给张力，那是一份委托书。“接下来的事我就不操心，全权拜托给贵局了。”

张力不知道这样是否符合程序，更不知道局里之前是否有过这样的先例，但他还是向温老先生低头致意，接过委托书。

22

虽说“获得了新生”，温老先生道别之后，还是得由小赵搀扶着才能体面地离开。张力留在原位，喝着咖啡，看着温老先生和小赵的背影，同样感到身体里面有某个部分被摘除、掏空了，这让他百无聊赖，急切地想再做点什么，哪怕只是维持表面的兴致。

一闪念间，张力想起了萧峰和《宠人》，想起这本书已经出版快一年了，可自己还没有来得及去翻一下，想起自己已经快把这件事忘掉了。

张力把五部书稿装进小赵留下的双肩包里，走出咖啡馆。这次他没有再绕到后面，抬头窥看萧峰一家房间内的情景，而是直接进入十三号楼，上了二楼。0201是通行的钢板防盗门，门上有门铃也有猫眼，张力按了门铃。过了一会儿，屋内传来一阵拖鞋声，然后是有点愠怒有点不解的一声“谁呀？”估计说话的人已经从猫眼窥看过了。

“呃，我是——《宠人》的读者，请问萧峰先生在家吗？”张力吸了口气，说。

门开了。站在门背后的是一个身材矮小、肚腩清楚可见的男人，那一脸的愁容、迷惘像是天生的。

“我就是萧峰，你说你是？”

“我是你的读者，《宠人》的读者。我很喜欢这部小说，从朋友那里打听到你的住址，今天来这边办些事，就顺道来看看你。”张力尽量说服自己实有其事，以便显得自然些。

“哦，哦，你好。”萧峰明显有些不自然，他诧异地看了张力一眼，往里让了让，“请进。小孩子觉轻，失礼了。”

这是最普通的一居室，厨房、卫生间、卧室的房门都关着，小小的客厅看不见一本书，也看不出固定的用来写作的地方，只有沙发前面那张颜色已然晦暗，但依旧能看出质料珍贵、图案细密的波斯地毯，让整个房间呈现出一些不一样。

萧峰将张力让到正面的沙发上，自己坐在侧面沙发上的一角。两个人都不知道说什么，气氛一时间有些尴尬。

“你最近在写什么？”张力想打破沉默，问出问题才发现气氛更为尴尬。萧峰被他的问题定身在那里，脸上的愁容更甚，然后挠了挠头，自嘲地笑了笑。

“没写了。《宠人》出版后我就没打算再写下去了。嗨，本来也就是一时兴起，图个乐，没了兴趣也就不用再写了。”

“别啊，我还挺喜欢你的小说，这个小说在国内也有新意，很特别。再说了，第一部小说就能这么顺利出版，很不容易。继续写下去吧，兴趣总会在写中浮现的，你要不写就太可惜了。”张力没有想到是这个结果，一时间着急起来，有点语无伦次。

“出版确实不太容易，有一点波折。”萧峰一下被触到了兴奋点，声音提高不少，“我就想写这样一个东西，压根没有想过局里会通过，能够安排出版，所以我写了快一半的时候，才寄了几章的提纲到局里去。当时我想，要是他们不同意，我就写完这个小说，再写其他的，这部小说就当留下来给自己压箱底了。事情也和预想的一模一样，寄出去三个月左右，我就收到了局里的回复，认定《宠人》‘既不能激励读者在现实面前采取进取的态度，又不能给予读者纯然想象的乐趣’，‘不予通过’。那就算了吧，我就踏踏实实按照自己设想的，把它写完就算了。但就像恶作剧一样，过了两个月，局里又来通知，说本着为文学负责的态度，他们再度研究了《宠人》的提纲，认为这部小说展现了一种微弱，但是绝对应该受到鼓励的新的可能性。局里希望我能完成这部小说，由他们安排出版。”

“好事啊。”张力心情舒朗了一下。

“是好事。”萧峰迟疑了一下，“可也是坏事。获得局里的认可之后，我已经创作的部分上交到局里，等待审核。后续创作的，必须先拿出详细的提纲，得到通过后才能进行。全部完成以后，局里还需要三次审核。刚开始，我心里非常踏实，作品肯定会出版，局里负责和我联系的人虽然手里同时照看着二三十部作品，但能感觉到，他是真心为了我、为了这部小说好，他是真心按照他对文学的理解，遵照暗经验局的要求在帮助我。可是写着写着，我没了乐趣，这种写作方式像是工笔画，画格、勾线、着色，有着标准的流程，出来的东西在一个水准线上，可是没了让我意外、激动的东西，没了神来之笔，没了缺点，没了缝隙，没了裂口，全部光滑圆润，看不到一点性格。我只是在机械地写完它，而不是它在引领我发现自己。”

“据我所知，据我所知 —— 暗经验局对作品除了有普遍的尺度，也会针对不同作者微调，对于深受信任的老作者，可以在提纲通过之后，只审核一下定稿。在审核定稿时，也会尊重作者的艺术个性，除非特别题材特别内容，尺度相对来说，还是挺松的。不管怎么说，你的第一部作品已经顺利出版，后续写作就会顺利很多，还是该继续写下去。”为了鼓励萧峰，张力不知不觉连局里的内幕都透露了，总算他及时意识到，又往回兜了兜。

萧峰盯着张力看了一会儿，脸上的怅惘更深更重了。“《宠人》的结尾你还没看吧？”

“我，确实还没有看完。”

“那就是了。结尾是什么？结尾是这一切都是一个梦，井水田的梦。井水田倒是踏实地从梦里醒过来了，我的梦不也连带着被戳破了？不用写了，再写也没有什么意思，我也写不出来了。我现在倒是经常做梦。谢谢你。”

23

再见到柯副局长，是在半年后，还是在十楼的第一会议室，还是由何处长陪同。

这一次，柯副局长没有戴帽子，也没有戴口罩。张力走到门口时，先只看见了一双悬浮在一件衣服衣领上方的眼睛，等到走到跟前，在上一次的椅子上面坐下，还是能在那双眼睛有所移动时，约略看见一张透明的脸的边界。至于五官的其他几官、头发和脖子，已然无法从空气中分别出来了。

“小张，你好。”柯副局长的目光还是那么锋利、厚重，予人以疼痛感。

“柯副局长，您好！”看到一截伸过来的袖管，张力知道柯副局长是要和自己握手，但他并不能准确地判断柯副局长那只透明的右手的位置，便在空中停了一下，等着柯副局长握住自己。

“小张，该叫柯局长啦！”何处长忽然说。他的声音里面透出了一点甜腻，这种甜腻让张力感到，在座的两位领导对自己比上一次要随意乃至亲密多了。

“诶 —— 还有三个月呢。”柯副局长的袖管摆了摆，也帮张力摆脱了要不要叫一声“局长”的犹豫，“我们说正事。”

“小张，首先祝贺温老先生，也祝贺你。《命运与抗争》经过局里的审核，已经出版，预计下周就能够在全国开始销售，同时会在所有的新闻媒体上强力宣传。当然，因为时间紧急，抢出来的第一批图书已经递交王室与各个部门，因此得等到下周才能让你见到书，到时候温老先生的书还得请你去送一趟。”柯副局长说。

“好的。”尽管有点疑惑，送书这样的事为什么需要自己来做，但能去拜望一下温老先生，他还是很高兴。

“咳 ——”何处长咳嗽了一声，“小张啊，得请你向孙老、温老先生解释一下。这部小说在局里得到了仔细的审核，审核小组一致认定了一些问题，因为赶时间，也因为有温老先生的授权，就统一处理了。事关重大，孟局长又亲自过了一遍。孟局长看得非常细，考虑问题的高度自然也不是我们，不是你我可以相提并论的。孟局长对第三部持不同意见，他认为，既然是纯粹的新闻报道，就不应该出现在一部小说里；况且，这些不同历史时期、不同政治立场的媒体，报道存在相互矛盾、夸大其词，甚至忽视具体历史语境的问题，因此，孟局长建议第三部全部去掉。出于慎重，孟局长又亲自写了报告，将稿子与处理意见呈交王室。最终由国王陛下裁定，去掉第三部。这一点，请孙老、温老先生务必理解。”

“达文，你多虑了。”柯副局长待何处长说完，称呼了他的名字，他悬浮的双眼透出亲切的目光，落在张力的脸上。“小张，有一件事之前没有告诉你。小张，你没问题吧？”

“没问题……没问题。”张力双手撑住桌面，不让自己摔倒，“您请讲。”

“小张，你知道温老先生是谁吗？他就是孙玉甫先生，也就是咱们局的创立者，孙老局长。我们也不知道，老先生还有这样的兴致，写出一部小说来。这一辈的老人家啊，实在值得尊重，你看，以他的身份、贡献，孙老居然都没有要求特别对待，而是化名以普通作者的身份走正常的流程。最了不起的是，孙老居然真的完成了这么重要的一部作品，当然，这其中小张你，功劳巨大。国王陛下知道了孙老就是《命运与抗争》的作者，非常感慨、感动，提出，从今年开始设立桂冠奖，由王室拨款，专门表彰为国家文化建设做出重大贡献的作品。第一届桂冠奖已确定颁给《命运与抗争》，颁奖日期就在8月8日，作为国王登基庆典一个隆重的环节。我们让你把书送给孙老，主要就是先向他报个喜，请他做好颁奖日当天领奖、演讲的准备。正式的获奖通知，将由王室办公厅传达。当然了，如果孙老对小说里面做的一些删改有不解之处，你向他解释一下也没问题。毕竟咱们局是由他创办，也是在他的指导思想下运行的，孙老一定能够理解、体谅。嗯，还有一件你本人的大事，就请何处长代我传达吧。”

“好的。”何处长一颔首，“小张啊，鉴于你在《命运与抗争》上的特殊贡献，同时，从接到孙老的电话到完稿成书，这个过程充分证明了你的工作热情、能力、潜力，为此，局里决定将你调入诗歌处，任元诗处副处长。小张啊，你之前是不是都不知道局里还有诗歌处？对喽，咱们局里，除非得到特别认可，被调进去，或者至少也得是一个处的处长，才会知道诗歌处的存在。诗歌处是全局的核心与头脑，去那里，你很快就能得到进一步的锻炼和提高。年轻人，前途远大，我要恭喜你！”

“小张，何处长说得没错，进了诗歌处才算进入了咱们局的核心。其他不说，咱们局从孙老以后的历任局长、副局长，谁不是在诗歌处干出了一番业绩，才最终得到任用的。不过呢，你也不要有压力，这一切你当之无愧，是你应该得到的肯定。”

“局长，你看，小张一下子白了不少，提前吻合了元诗处副处长的身份与要求。”何处长说。

“没错，小张实实在在是可造之才。不过，可能变化来得太突然了，我看他脸色过于苍白。小张，你今天下午就不用上班了，回家好好休息。”

24

张力浑浑噩噩地从局里出来，回到小区。柯副局长和何处长说的每一句话他都记得，都明白，可他大脑里负责综合的部位似乎离职了，这些线索没法综合到一起进行整体分析，《命运与抗争》、温老先生、孙老局长、元诗处、白、桂冠奖、颁奖……一系列词汇在他眼前晃，就是拼不出一幅完整的图景。

张力所在单元的电梯到了一楼，他正要进去，忽然被一个从电梯里面出来的人拉住，拉他的人还亲切地说：“喂，是你啊！”

是1503的女人，除了衣服换成了应季的，没发现她有什么变化。张力怔怔地看着她，说：“你好！出去啊？”

“你脸色不太好，没事吧？”女人关切地问。看张力摇了摇头，她还是放不下脸上的关切，不过也没有继续追问，“我搬家了，今天回来处理下房子的事。”

“噢！好的。”张力说完，站在那里不知道说什么，只愣愣看着女人。

“那我先走了。有时间来看你……看你和爱伦。”女人摆了摆手，走了。

张力进了电梯，上了十八楼，打开房门，才说出来：“好的。再见。”

在客厅中央的地板上，摆着那件黑色的、上面用金线绣着孙悟空的小衣服。那是爱伦完全透明后，张力给它穿上，以免它彻底从他的世界消失用的。现在，衣服摆得规规整整，仿佛一个人决定离开再也不回来之后，心平气和所做的。

张力盯着衣服看了一会儿，走过去拎起衣服，将它放在沙发上。然后，张力从书桌抽屉里面拿出一支签字笔、一沓纸。

25

爱伦/张力

黑黑

黑黑

黑黑黑

黑黑

黑黑

黑黑黑

而阅读者不知所终

阅读者

1号读者

听见了吗？他居然在问那本书。好好好，我先来。说完你们接着说。你等等。好了，现在心情平复多了。刚才太激动了。你看看他们，没一个对我这样子诧异吧。真的是，一直珍藏又一直希望能与人分享的东西，突然就这么被你问到。当然，说激动都是轻的。

好了，好了。不扯了。说正事。哦，需要吗？那好。你们先去忙吧，待会儿一个一个叫你们。没问题。怎么着都成。今天我们的读书会就谈这本书，向你谈。我们之间谈过好多回了。那好，我也很想听听他们究竟怎么说的。关于读书会，关于这本书，都可以。什么都可以谈。要多久？也好。等着吧。我有耐心。

先从读书会说起吧。不说清楚读书会，根本就没办法把这本书的事说清。你待会儿就知道了，比起读书会，这本书的事比一根烟还短。事情是这样的，我们几个人都是一个学校毕业的，对的，不过也没有什么好说的，反正我是很少回去。当年，我们都是校学生会的，因为年龄、入校时间、个人志趣还有能力的原因，职位有所不同，副主席、部长、干事什么的都有，平时大家打交道的时间不算太少，可是也没有什么深交。

2000年5月，学生会邀请一位学者来校做一场有关鲁迅的演讲、一场小范围的交流活动，很巧，一条线顺下来，两场活动都是我们六个人负责。活动和往常一样，做得很成功，各个环节也没出什么纰漏。交流环节，为避免现场闹哄哄一片失去重点，我们六个人都准备了问题。这六个问题事先我们没有相互交流，现场也只有三个问题有机会问出，可是依照这三个问题，我们很快发现，彼此在对鲁迅作品的关注点上趋近 —— 我们都对《野草》和《故事新编》更感兴趣。

活动结束，送走那位学者，大家犹未尽兴，便去了学校南门外的一家烧烤店宵夜。因为鲁迅的作品，因为喝了些啤酒，我们完全抛去了彼此间由于职位不同而残存的顾忌与矜持，热烈诉说着《求乞者》《过客》《失掉的好地狱》《理水》《非攻》等等作品的阅读感受，到最后，我们干脆接力把《野草》全书读了一遍，才离开烧烤店。

热情一旦点燃就无法止歇，大学阶段，也没有必要止歇。接下来一周，我们晚上聚在一起，把《故事新编》从头到尾读了一遍。当然，我们不再去烧烤店了，那里毕竟不适合长时间朗读，对学生来说经常去也消费不起。我们就在学生会找一间没人的办公室，或者找一间可以预留做活动的教室，几个人围在一起，一个一个地轮流读，其他人静静听。有时候，我们也会带些啤酒去，边喝边读。

读完《故事新编》，我们都觉得，彼此间的关系有了变化，好像各自都打开了内心的一部分，成了灵魂相通的六边形。后来我们又读了鲁迅其他一些作品，作为共同体的关系确定下来。出于长久的考虑，也为了调适节奏，我们慢慢地形成了每个月第一个周六晚上聚在一起读书的习惯，风雨不动。你想想，十六年了，从来没有人缺席过一次。不知道他们怎么想的，反正我觉得，这个读书会对我来说已经具有了宗教仪式感。

是吧？我也这么认为。好，说说那本书。还是得再说一说读书会。这么多年，我们形成的惯例是，每一期读完，每个人都推荐他最近看的新书，接下来一个月，大家都抽出时间看推荐到面前的五本书。到了月初第一个周五晚上，我们再投票决定第二天晚上究竟读哪一本。

2010年8月7日晚上，我们五个人再聚到一处，当天晚上我们读的是伍尔夫的《奥兰多》。平常，我们从八点读到十二点就结束。那天晚上，到了十二点，我们停下来，准备离开的时候，老五忽然请我们等一等，然后从包里掏出了一本书，就是那本书。老五说，他想为大家读一读这本书。我们都愣住了，这么多年，还没有发生过这种打破惯例的事。事后想来，老五还真是个滑头，有时候你都觉得他没必要耍小聪明，可是他的小聪明还是很奏效。何况，是用在那本书上。

我们还没来得及做出反应，老五就开始读了。他读了两段，我们所有人又都坐了下来。我不知道你有没有持续地读过书，大声读，还是读给围坐在你身边的人听。那个感觉非常不一样，你好像在那儿又不在那儿，好像是读者好像又是听者，奇妙的分离感抓住了你。在那个场景、氛围下，读出来的书和你安静地坐在那儿看很不一样，每一个字都看得清楚、听得清楚，可是它们又都隔着面纱、覆盖了细沙，朦朦胧胧，意思在明晦间摆动。一起读了那么多年，那么多书，我们形成了一个对大家都很有效的氛围，就像磁铁的磁场。某一本书一旦被读到，一旦书上的词语被念出来，我们就能迅速判断出它是否适合、是否能够纳入这个磁场。老五读的那本书不只是可以纳入这个磁场，它甚至让我们在喜欢中隐约有点害怕，觉得它在强化我们的磁场，甚至会慢慢改变我们的磁场。但是我们谁都没法拒绝，谁都无法逃离。

老五独自读了二十分钟，不顾我们的反对，停下了。不用说，我们一致同意，下一次读这本书。有，有人说过，但毕竟大家都是成年人，也是这么多年的读者，不至于那么夸张。再说，我们，至少我，担心如果我们太操切，将适得其反。不管怎么说，那本书也就三百页左右，二十来万字，用车轮战一次读完，两天怎么着都够了。相当于熬一个通宵，第二天接着来。没问题，那时候我们都年轻，最大的也还不到四十。可读完之后呢？最重要的是，我们不想用疲劳战术来稀释它带来的快乐。

大家还是约好下个月第一个周六晚上见。

接下来就是买书。不知道，我没问过，后来也没有交流过。反正我在网上看的时候只有一家二手书店有卖的，而且只有一本。好在价格还算公道。

2号读者

我们直接说那本书吧！章千里的《清单》。我一直不明白，那本书怎么会被出版社归类为小说，还是长篇小说的。一条一条的内容，从目录看，倒像是工具书。确实没有工具书会这么分类，什么及部、不及部，什么在左边、在右边，什么占据空间、不占据空间，什么可建筑的、可拆毁的，这些分类尽管有点莫名其妙，还是按照某种二分法，就算强行消除了模糊地带，灰色的物质统统被驱逐，但至少还算是有态度，在简易的程度上也可行；到了后面，什么坚硬的、柔软的、有缝隙的、可锈蚀的，什么从土、从水、从气、从火、从人，什么可飞行的、可鸣响的、可收缩的、可苦笑的，这种分类方式已经成了拒绝交流与共识的纯臆想，哪怕在简易层面也无法穷尽，相互之间还有毫无必要的交叉。就算这些不是问题吧，那也应该算作随笔集对不对？随笔不是万能筐嘛，无从归类的东西放进来至少不算错。

噢！我倒真没有从主观和虚构的角度来想过。主观不能作为依据吧？文学创作有什么不是主观的？虚构也未必严谨，作为依据倒也作数。嗨，你看我，总是纠缠这些毫无必要的细枝末节。是吗？谢谢。不管怎么分类，《清单》确实好，“好”可能见仁见智，说它很神奇肯定没错，至少在我们六个人身上显现出了神奇的一面。

《清单》是由老五以偷袭的方式带进读书会的。老一已经讲过了？这家伙，占据了时间优势。行，我就这么讲下来，最终用的时候你取舍就是了。那天晚上我挨着老五坐，其他人都没有察觉，老五来之前是喝了酒的，不多，但度数肯定不低。老五就是那么矛盾，想要打破读书会的常规又忐忑不已，喝点酒壮胆又怕满嘴酒气破坏读书气氛，因此他从一开始就坐得离大家有点远，说是感冒了不要传染我们。我闻到了老五的酒气，但没有点破他，后来他拿出《清单》来，我才明白他喝酒的原因。事后想，老五这一招安排得巧妙。如果他不搞突然袭击，而是按照正常的流程提出，这本书多半会被否决。太不知所谓了！尤其是在白天清醒的时候来看。一件一件东西——姑且称之为东西吧——写下来，就像新小说派一样冷冰冰，然后又因为纯物质反而有种拒绝人进入的硬邦邦的梦幻感。对，冷、硬、幻，这是我对这本书的评价。不矛盾，幻觉通常对人是魅惑的，召唤、勾引你入内。《清单》不是，它一开始就表明，书上的这些和你无关。

为什么说当天老五的偷袭巧妙呢？那晚上我们读的是《安娜·卡列尼娜》。这么多年下来，读书会已经成为我们生活中重要的部分，对我而言，是最重要的部分之一。读书会的时间、人员、形式是固定的，这种固定甚至有了仪式的意义；但读书会也有一些微小的变动，就像一双蝴蝶翅膀在微弱地扇动，比如每一期人员就座是随意的，比如到场人员顺序的先后，最大的变动则是，每一次的阅读由开始总从第一页读起变为了随机从书中某一页开始，自然，我们会考虑当晚的时间，会让从开始到结束的内容足够当晚阅读。还没有，也许哪一天会变

吧 —— 每个人都随机重新开始、不接着前面的人读，这个我们考虑过，也讨论过，但我们不着急。有什么可着急的？还有漫长的将来等着我们。以后再说吧，蝴蝶可以扇动翅膀的空间极其有限。

那天我们读《安娜·卡列尼娜》是从她准备赴死开始的，整个晚上读的人听的人都沉痛得无法自拔，你知道，托尔斯泰的那种沉痛，不是煽情的催泪的沉痛，不是让你哭两声骂两句就能缓解下来的沉痛，是让你无话可说，无泪可流，完全木呆地坐在那里，内里慢慢锯末化。我们在那里坐了好久，才勉强以目光以气息互相鼓励着没有破碎，才可以站起来准备走。这时候老五拿出了《清单》，开始念。那冰冷坚硬的文字，与人无关的幻觉，就是强行灌进嘴里的解药啊，一下把我们从沉痛中拔了出来。文字的魔力这一晚上我们两次见识，见识到了两个侧面。

就因为老五瞅准时机的突然袭击，我们从此进入了《清单》的世界。不是，当然不是。如果那样，也太矫情了，对不对？我们只是在老五偷袭之后那个周六专门读的《清单》，后面还是每期读不同的书。只不过，每一次，我们都会留出半个小时，来专门读《清单》。足够了，这本书本来就不厚，读快了的话，要不了多久就没有了。最主要的是，我们发现，它在我们的读书会中，越来越变成盐一样的东西。最后这半小时，对我们前面的读书有着提味的作用，而盐总是不能多放，否则就毁了所有的环节。而且，随着时间推移，我们还发现，读书会本身也已经被我们放进了清单，即便据此建立一个可以读的、不可以读的，会被读到的、不会被读到的，读书会之内、读书会之外等等分类，用来标签读书会，也完全相容，没有任何隔阂。

甚至，有一天老五忽然问，“你们觉得我们六个人是不是也写在了《清单》上，列了出来？就算没有，是不是也很快会被放进来？”

老五说得平常，我们听得惊悚、期盼、荣幸等等感觉一起涌现。这样一来，我们更加不敢读快了，还达成了一致，私下里最多可以看看这本书已经被读过的部分，没有被读过的，必须把它放在旁边，等六个人能在一起的时候再读。只有那样，我们才会对书中余下的内容充满期待。说它神奇，这也是一方面吧，更神奇的是，这本书对我们产生的影响。好书都会影响阅读者，《清单》不一样的地方在于，它影响了我们看待自己生活的方式。这个没有怎么交流过，但是一个人受影响、发生改变是能够察觉出来的，对不对？何况我们是这样的关系。

拿我来说。最显明的影响，肯定是对事物的分类。不要小看分类的方式，往小了说，这是个人归置周遭世界的方式，往大了说，这是他和世界发生关系的途径。日常，我们都是用简便易行的方式自动归类，精神啊物质啊，吃穿住行啊，不管怎么分，我们都如在道中，日用而不知。《清单》以它诡异的分类方式让我意识到，事物之间可以出现巨大的缝隙，事物之间也可以不像表面看起来那样相互隔阂，它们有可能在某个分类下被我们看不见的，至少不能轻易看见的光贯穿了。比如说，在“有电池、没有电池”分类方式下被归并到一起的手机和石英钟，在“有翅膀、没有翅膀”分类下被归并到一起的手机和石英钟，这两者听起来是一样的，但是细想却差异巨大，对不对？因为它们被抓住的部分不一样啊。

很玄妙吗？确实有需要意会的地方。有机会你看看《清单》吧，看了你就明白我的意思了。是不太好找，我不知道这样的书为什么出版社没有加印，网上也找不到。我嘛，也还好，反正就找到了。这个也很神奇，你看，我们六个人也都找到了。你要真的想看，一定会找到的，说不定，这本书会主动找到你。只要你在清单上，哈哈。

什么？老一真是这么说的？好吧。也有可能。不过要真是《奥兰多》的话，为什么我记忆中《清单》的出现从来只和《安娜·卡列尼娜》有关？

3号读者

我——还能说些什么吗？不好意思，我有点口拙，尤其面对不熟的人，紧张起来脑子里都是空的。读书会，章千里那本书，老一、老二肯定都说得差不多了。要不您问？您问我来答，这样我好一些。那倒也是，估计您也觉得别扭。那咱们就不审讯似的，一问一答，您给我一个范围，和老一、老二聊了之后，有什么是您最想了解的，我争取说清楚。

好。这个对我来说是可以的。不过在分别说他们几个人之前，我还是有点感叹，你想想，我们几个人以这种方式聚在一起已经十六年了。十六年，人生的四五分之一，最少也是六分之一。而且，这十六年还是我们经历毕业、工作、成家、立业等等人生变数最多的阶段，逐步地我们已经上有老下有小了。除了老四工作几年之后又回去读博，将来也势必留在大学里，我们其他五个人都远离了校园生活。这种情况下，我们五个人还能坚持每个月第一个周六晚上聚在一起，也不吃吃喝喝，纯粹就为了读一读书，这是什么样的缘分？他们没和你说吗？奇迹是不是？十六年，每个月，一百九十二个月、一百九十二次，没有一个人缺席。肯定有啊。生病、出差可能还不是最大的障碍，说不定还有孩子出生、家人病重这等大事，但我们确实一次不落一人不缺地持续下来了。有时候想想都很感动，感动得小心翼翼。是礼物。毫无疑问。我甚至认为，这是生命对我们的礼遇。还能在哪里找到五个人和你保持这样的关系呢？要知道，人和人之间最难把握的就是距离了，孔夫子说的“近之则不逊，远之则怨”可不只是什么女子、小人的情况，这是人的本性。可是我们六个人，就这么淡如水地交往着，一淡十六年。

感叹完了。一个个说起来。是不是有点奇怪，我们几个人的排序？第一次是随机的，然后就固定下来了。我们是以第一晚上，也就是做完鲁迅的活动，大家在烧烤店里读《野草》的顺序定的。平时在学生会，大家纯粹是共事的关系，还有职位与高下的差异，虽是直呼其名，可总含着距离在里面。那晚上，为了破除这一点点距离，还带着点玩笑的语气，我们就以1号读者、2号读者、3号读者、4号读者、5号读者、6号读者来互相称呼。这个顺序就固定了下来，后来读书会上，彼此间也就几号读者和老几地混杂着用了。我们之间能这么不远不近地相处十来年，跟这种称呼也有关系，也可以说，这种称呼就决定了我们的相处方式。你说是吗？孔夫子也说“必也正名乎”，名字、称呼经常就是规定，就是界限。要是几个人在日常生活中还互相称“1号读者”“2号读者”……多么怪异！

名字、称呼经常就是规定，就是界限。这点在老一，或者说1号读者身上最明显，在这个读书会里，她所做的一切很好地体现了实符其名，名定义、扩充了实。最初读《野草》是她提议的，把这个读书会固定在每月第一周的星期六也是她提出的，每一次读书会投票由她组织、场地由她选定，看起来好像没多少事，其实琐碎得很。老一是个有心人，读书会能够坚持下来她至关重要。一件事情、一段感情、一种关系，这些东西都可能有一个新鲜、疲乏、稳定的过程，只不过经常在疲乏阶段就结束了，熬不到稳定成你生命中不可缺少的部分。大家陆续毕业的那几年，生活变化剧烈，读书会的新鲜感丧失，不知道其他人怎么样，至少对我来说，参与的热情一度非常低，只不过不想第一个当逃兵，当毁掉读书会的罪人，要是有谁不管因为什么原因缺席一次，就将打开一个缺口，读书会也就不可避免会溃散无存。老一那时候和我们联络得很紧，在QQ群里不断说着下一次读书会的细节、自问自答地讲需要做的准备，还挨个打电话跟我们的进度——读书会不允许谁不把六本书读完就投票，更不允许谁不读完书就去现场。当然，这些成例都被《清单》打破了，但《清单》仍旧是迄今唯一的例外——我那时候一度都害怕看到她的头像闪动、害怕接她的电话了。就是这样，她紧紧地拽住了我，也拽住了读书会。

老一还不只是耐得烦，她实实在在地提升着读书会的精神品质，而不是把它变成一种纯机械的惯性重复。她每个月的推荐书目有着完整的思想链条、审美关联，有那么两三年，我们基本上一年的读书会，十二期有八九期读的都是她提出的书。没办法，说不定他们四个和我一样呢，乐得老一这样。这样我们就可以少花点心思了。后来，在老一的引领下，读书会逐渐成了我们精神生活中最不可或缺的部分，她又慢慢地向后退，隐身在我们中间。上一次读书会后，她偶然和我提起，想辞了职出来开家咖啡馆兼书店，名字就叫“六人”。可是她又担心，这样一来，会破坏我们六个人现有的稳固平淡的关系，反而对读书会不利。

我没有问过老二，他是不是双子座，但老二身上确实有着两个灵魂。灵魂言重了，说他身上有两套运转机制是不错的。老二是公务员，官至正局级，绝对是春风得意。哈哈，有吗？那肯定是我的潜意识之醋。不用，不用，这有什么要道歉的。我这么说倒也不只是完全的修辞手法，我亲眼见过他的风采。你也知道，我们几个人在日常生活中几乎没有实质性的往来，对彼此的家庭工作等现状一概不闻不问，因此，三个月前，我听说新局长要到我们园区视察时，还发笑局长的名字和老二一模一样。心想，下一次见面还可以嘲笑一下老二，说又见到一个他的同名者了。结果，我们在大会议室等候来的，就是原装的老二。是另一套运转机制下的老二，面孔、声音没有差别，可是神态、语气、动作，完全不是平常读书会上那个人——有点懒散，对形而上的问题，尤其对概念着迷。老二讲了园区的现状、面临的困境，讲了园区的前景，着重说明了局里的几点构想，他说话没什么官腔，但那种绝对的自信，那种对现场节奏、众人情绪的绝对掌控，只有具备了真才实学，到了一定地位的公务员才能拥有。我当时坐在会议室后面，看着他的人、听着他的声音，感觉极其微妙，就像目睹了造物的匠人从一个人身上活生生地分离出来了另一个人。在后来的读书会上，老二还是和以前一样，沉稳、安静、思辨，我没法将作为局长的他和作为阅读者的他合并为一个人。可是我又清楚，那两个迥异的人，就是一个他。

老四是我们中间变化最小的，比老一还小。他现在还在读博，一心想博士毕业后留校，至少也在北京找个高校待着。他没问题，早在他决定回来读博的时候这些事肯定就想清楚了。他不缺钱，房子也有，对结婚又没兴趣，职称什么的对他来说一点都不重要。没办法，谁让我俩本科的时候宿舍就挨着呢。我去学生会还是他撺掇的。他告诉我，多条渠道接触人绝对是好事。当然是，他天生就擅长和人打交道，特别有感染力，所以毕业后才会去了公关公司嘛。做得也好，挣得也多。这种人，还这么洒脱，说离职就离职，说考博就考博，还一考就考上了，你有什么办法？而且他这么乐呵，这么易于相处，让你想嫉妒也嫉妒不起来。没有，没有，这有什么可以赌气的？！真说起来，就算我对老二潜意识里有嫉妒，对老四我是绝对只有钦佩。有从容的优哉游哉活着的心，还有这个条件，这个条件又完全是他凭自己的力量创造的，这样的人有什么可嫉妒的，大写一个“服”字送上就可以了。

老五这家伙，哈哈，每次想到老五、提到老五我都忍不住要乐出声。这家伙太好玩了，一个纯粹的好人啊。好人身上那些让人钦佩，让人想追随的优点他都有，还放大了好几倍。好人身上那些让人不舒服的地方他也都有，也放大了好几倍。是吗？老二是这么说的？我没注意，那晚上我有点走神，就想着读书会结束了赶紧回家补觉。那之前半个月我都在出差，确实有点熬不住了。不管怎么说，《清单》由老五介绍给我们合乎情理，也可以说，这本书唯一有可能介绍给我们的就是老五了。老一看到这本书，她应该会忽略掉，因为“清单”这个词绝对在她的兴奋区域之外。老二倒是会对“清单”二字敏感，但他多半不会第一个把这本书拿出来。我嘛，翻是会翻一下，翻一下也就放在一边了。老四到现在还对《清单》有着轻微的排斥，认为它是意义不明的炫耀，虽然因为读书会，他也一直在读，但我总觉得他的读主要是出于对我们五个人的情谊。老六对这本书喜欢得最坚决、最彻底，如果他首先发现了这本书，绝对独享，不会拿出来分享。这你错了，我不是猜疑他，是对他足够了解。我对老六以神遇之。而且，即使我们这样的以灵魂相知的小团队，我也珍视每个人不愿与人分享的空间。这个空间甚至决定了我们关系的未来。

比起我们五个人，老五的鉴赏力绝对一流，可是老五又是极其愿意把他认为的好东西分享给大家，他乐在其中。老五这样的好人，我刚才说到他的优点和缺点，都在他的设身处地为他人着想上，这么多年来，他从来没有表现出一点侵凌性，和大家说什么都充满着歉意，生怕给别人带来不便。给别人留出足够的转圜空间当然很好，可是空间留大了也是一种不便，尤其是熟悉到一定程度后，过于客气反而生分。这么多年相处，我们都明白了，老五一旦对某件事表现出百分之十的坚持，那绝对是因为他有百分之百的信念。而这百分之十的坚持，我们也只有幸在他推荐几本书的时候见到。如果读《清单》那晚老五真的喝了酒，那可以证明，他对《清单》的价值毫不怀疑，但他对《清单》是否适合我们不确定，他还是愿意冒一次险。

没错，对一本书的态度，更广义地说，对待特定物质的态度能见到一个人的本性。也可以再补充几句，以免你对老六的了解过于抽象。当年老六就是校园明星，古琴弹得相当棒，据说京城的整个民乐界都挺认可他，不管是江湖派还是学院派。他很奇特，有这个底不去音乐学院，来了我们这所综合性大学，进了大学，也没有顺理成章去学校的民乐团，来了学术部。学术部的活动，他始终像个热情的新生一样把分配给自己的事情做好，可是在这之外，又没有多少和人交流的兴趣。离开学校之后，他的情况偶尔也能在大大小小的媒体上看到。据我所知，他现在是处于半隐居状态，在凤凰岭弄了个小院，一年做两三张琴，演出个七八回，足够衣食无虞。然后就弹琴、喝酒、读书，四处游走了。

4号读者

对。还有一年就毕业了。谁知道呢？想留在北京的高校，不在国外读几年书，拿个学位基本没可能。其实我现在很厌倦和人打交道，就算是一茬茬青春逼人的大学生，也提不起兴趣。真去高校，也不过是躲清静。我跑来读博就是不想再和人打交道，至少也不要那么频繁、亲密，一点儿距离都没有。我现在就想，尽可能地一个人待着，喝喝茶、看看书、发发呆，像老六那样过着散仙的生活。

可以这么说。不，必须这么说。没有丝毫夸张的成分。那一段时间我到了临界点，我的工作本来就是和人打交道，受客户的委托，帮他们组织各种事项，勾连各种关系，解决各种问题，而这一切的一切都指向人，都需要揣摩人，找到最恰如其分、最当其时、最让别人熨帖的那个点。最初我感觉非常好，觉得自个儿就是万能的润滑油，只要在场就能消弭摩擦，保证运转。可是润滑油也会厌倦，也会明白实际上没人管润滑油在想什么，需要的都是你的功能。就像是掉进了一个黑洞，被吸附被耗蚀，慢慢变成了空空的皮囊。所以，再看见在眼前出没的那些脸，看见自己那张在不同物体上映现的脸，就总想拿出兜里的瑞士军刀，在上面打个 ×。

那天晚上老五固执地读了一会儿《清单》，他停下后，我是第一个鼓掌说好的，那时我压根儿就没太听懂。当然我也不是逢迎老五，我们六个人能持续这么些年在一起，就是因为彼此都放松。读几个小时书而已，不外乎是听别人的声音或者让别人听自己的声音，没有那么多需要纠结的地方。我率先反响热烈，仅仅是因为，这本书和我们之前读到的不太一样，让我一激灵。那天晚上离开的时候，我管老五借《清单》，问他能不能让我看一天，周一就递回给他。结果老五说，他刚好又从一家旧书店买到一本，那一本就送给我了。老五还很体贴地说，这样我就不用赶进度，囫囵吞枣地把它看完了事。我看书有个毛病，一本书要是没有一鼓作气看完，下一次总想从头看起。《清单》简直就是专门为了满足我这个毛病写的，很多地方经得起细读、琢磨，每次从头看起都有新的收获。比如说最开始的“可及”部分，我琢磨了一段时间，才明白是按照眼睛、耳朵、鼻子、舌头、身体、意识这六样分别可以抵达触及来列的，又过了一段时间，我才想明白这六样就是通常所说的六根。可是想到这里反而麻烦了，因为后面的“不可及”并不是简单把这六根颠倒一下，或者在前面加个“不”就可以。就好像玻璃杯，眼睛看得见，敲一下耳朵听得到，装上酒啊饮料什么的，鼻子闻得到舌头尝得到…… 它怎么就放在“不可及”里面了呢?

就是这么反反复复看翻来覆去琢磨，让我下决心从公司辞职，而且我还第一次那么草率地毫不顾忌别人感受地扔下辞职信就走，工作什么都没交接，直接把公司、客户有关的联系方式删除、屏蔽，就好像要从这一行彻底人间蒸发。说一本小说促使一个人辞职、考博显得很浮夸，可这就是我的实际情况。不是说《清单》的内容给我多大震动，内容当然很好，就算我还没有看完，给个“出色”“佳作”之类的评价也还是适当的，它也可以用碎片化、后现代、东方奇观等一大堆词语来分析。但震动我、推着我做了一系列绝不回头的决定的，是它的作者章千里。能这么不在乎他人的评价，不关心他人的感受，就按照自己想要的写出一本书，做成一件事，这多了不起!

5 号读者

是，是我介绍给大家的。其实，这些年下来，我有时候很忐忑，因为我不知道把《清单》介绍给大家我究竟做对了没有。如果我们不是沉迷于这本书，而是把其他的书作为固定的读物；如果我们不是任由章千里个人化的分类方式进入我们的生活，而是选择一本更宽阔、更接近生活本身的作品，是不是会不一样? 我也难以确定那样的作品究竟是什么，但比如说《论语》《庄子》《圣经》或者莎士比亚的作品、杜甫的作品、歌德的作品，这些精神上古典倾向的作品呢？《清单》尽管提供了一种可能，每个人都可以把自己的生活无限次地纳入这本书里面，以个性化的罗列方式去接近生活，但它的琐碎它的个人化，这本身就是狭窄的，对不对？真正的古典是绝对不会貌似还原，实则放弃的，对吧？当然，我也没法说古典一定更高，这种由神判定的事，咱们凡人哪里说得清楚，我只是担心由于我的影响，人为地把大家的可能性给缩窄了。不能这么说，就算老三一腔美意，我也不能接受。做个好人并没有意义，重要的是，可以说唯一重要的事，是做个自足的人。更何况，所谓好人这件事已经困扰到我了。我对自己是个好人——在描述层面，我要承认老三说得对，我是个他妈的好人——这件事本身很困扰，进一步，我又对自己居然为此很困扰而困扰。这可真是个越系越紧的死扣，又是个再怎么都有继续往下系的空间的活扣。

不说这些，这么说下去就没法好好聊天了。回到你的事情上来吧，和他们聊得怎么样？哦，谢谢，你是个好人。我们不纠缠这个了，就让我自己纠缠吧。反正，这么些年我们都读了下来，都把《清单》作为每一次的结束朗读了。那个层面上的纠结就留给我一个人吧。说说这本书。我就知道你对这个感兴趣。说实话，我也很感兴趣。可是我告诉你，很奇怪，我也不清楚那本《清单》是怎么到我手里的，不过它是在2003年6月25日那天到我手里的倒是很清楚。前一天世卫组织刚刚解除对北京的旅行警告，将北京从非典疫区名单中排除，我们在学校里憋了好几个月，真的就像刑满释放一样，感到走出校门一步就是走进了自由。我上午和同学去了一趟三联书店，买到一套四卷本的《殷海光文集》，其中第三卷被删减得非常厉害，就想找到上海三联出的《中国文化的展望》，很奇怪，三联书店没有，我就又独自杀回海淀，去了万圣书园，总算找到这本书，心里踏实了。翻来翻去又买了包括柄谷行人《日本现代文学起源》、哈罗德·布鲁姆《影响的焦虑》等书。然后顺便去了趟海淀图书城，我经常去的三楼的那家野草书店，买了河北教育出版社那套著名的“20世纪诗歌译丛”里面的几本。

等我下午回到宿舍，完全是背包鼓鼓囊囊，钱包空空荡荡。结果，我一放下背包，就被同学拖出去喝酒。大家都憋坏了，痛痛快快地喝到晚上十二点，所有人都不知道自己怎么回到宿舍的。第二天上午我快十二点才醒过来，吃了饭洗了澡，从背包里掏出书来，开始在扉页写上什么时间购于哪儿。没办法呀，那时候没多少钱买书，决定买的一定是打算长久保存、反复阅读的，在扉页上写这些信息一方面有点像记日记，留个线索，另一方面也是万一被谁借走或者顺走，也方便索回。一共十七本书，十六本我都记得在哪家书店买的，脑子里也有拿起书，翻看、购买的细节。就是章千里的《清单》，不但不记得究竟在哪家店买的，连见过这本书的印象都没有。

不是，不是，你肯定见过那本书，看一眼就忘不了吧？就是，那时候走这种极简风格的封面凤毛麟角。现在好多书都还花里胡哨的，恨不得连装订线、刷胶都要设计一下，拿到手里早就不像书了，倒像是一团毫无用处、毫无营养的彩色棉花糖。《清单》呢？白纸、黑字，封面上就书名、作者名、出版社名，和当年的白皮书差不多。选了一种特种纸，这个千万不能用铜版纸，光溜溜的又刺眼又滑腻。有点毛糙的，吸墨性好，看在眼里，拿在手里，讲究，不做作，大道至简。这样一本书要说是我自己买的，绝对会有印象啊，可就是一片空白。我还问了同屋，是不是谁的书放混了，结果谁都说之前没见过这书。

好吧，就算是凭空出现的，我也没有理由拒绝一本书。我决定把它据为己有，可是在扉页上我还是写着，“2003年6月25日，购于三联书店、万圣书园、野草书店？”加个问号自然是表示不确定，不过也有点自得其乐的意思。直到毕业之前，我翻过三四次那本书，没有一次看得下去。拉个清单把周遭的东西都敛进来，什么牙刷、梳子、书签、镜子、自行车、棉线、碗、垃圾桶、眼镜……不管挨得着、挨不着，都给放了进来，这种大杂烩也敢说是长篇小说？我每次放下它心里都恨恨地想，我瞎了狗眼才会买它呢！后来我也就没翻过它了，要不是毕业之后搬家搬得急急忙忙，所有书被我同学一股脑儿放进箱子里打了包，我估计那时候就把它扔了。

你别说，书和人的关系也真是玄妙，简直就像人和人之间一样，也要靠缘分。毕了业都六年多，有天早上，我又是宿醉醒来，自我厌弃最为强烈的时候，想在书架上找本书翻翻。平时经常翻或者用来镇宅的书那时候完全没胃口，看到《清单》，我忽然想起了它也是一次喝醉之后莫名其妙到了我手里的，鬼使神差地取了下来。这一看居然就看进去了，不但看进去了，甚至还觉得，我毕业之后这几年的生活简直就是在为了读懂它做准备。

6号读者

这么晚了，咱们也别耽误时间了。问了五个人，想必你想知道的都问到了吧？哦，不，不，不。不存在。他们说还是我来说没什么区别，就别耽误咱俩的时间，更别耽误大伙儿的时间了。你怎么会想着做这个？你和章千里熟吗？是这样啊。难怪这些年完全听不到他任何消息，你们都不知道，我们这些读者更不知道了。但愿！如果你真的见到他了，就替我问个问题，这个问题也是我能就这本书，能就我们的读书会和你聊的最重要的事，不管他们之前有没有和你说起过，至少是我本人的关切。

你帮我问问，这些年他都在做什么？

书评人

I

敲门声响起时，姚翔打包书打得快累坏了。

是顺丰快递员，是最普通的快递信封，信封上硕大的logo字母SF如常醒目。姚翔签完字，关上门，也就此在椅子上坐下来，歇一会儿。他掂了掂信封，并不重，捏了捏，棱角分明，比通行的小十六开还大，也比一般的书薄。也许是本杂志。

撕开信封之后，是一本打印好的稿子。那种常见的用A4纸打印、装订成册，浅蓝色的纹理清晰的特种纸作为封面，封面上以三行文字分别写着“清单（增补版）/章千里 著/2016年春 · 北京”。姚翔有点诧异地翻了翻稿子的前后，再翻开封面，翻了几页。没有目录，像是词条一样列出了一些内容，有的是日常用品，有的是想象性物件，有的纯粹是流淌的意识。

这会是谁递来的？姚翔拿过信封，细看贴在上面的单子。字迹模糊，收件人信息还勉强辨认得出来，寄件人信息勉强能辨认出“西三环”，姓名、电话那儿若隐若现的墨迹，也不知道是写得轻没透过来，还是根本没填，由笔头指甲留下的痕迹。

作为书评人，姚翔经常收到报纸、杂志、网站合作编辑递来的书，一些出版社的编辑也会递来新出版的书，希望他有空翻翻，有兴趣写写。没有出版的稿子很少，就算是出版社想要先期预热或约稿，递来的也都是试读本，再不济也是清样，或者干脆发来电子版，像这样一看就是找个打印店做出来的稿子，他之前真没有收到过。多半是作者递来的，可这个章千里是谁？喝完一杯水的工夫，姚翔也没有想起来。管他呢，他把稿子塞回信封，把信封扔在腾空的书架上。

还有客厅里两个从宜家买的书架上的书没有打包，姚翔给自己鼓了鼓气。书房三面墙上大大小小的书架都摞满，靠窗户的书桌前后都快堆得将姚翔淹没在里面时，小满发了善心，总算同意将客厅里本就小得可怜的空间挤出点地方来，让他新添两个书架。现在架子上也是横着往上一层层地码着，不像书房里的架子上，有着清晰的分类，什么书可能在哪里一望而知。

有什么办法呢？姚翔也知道自己对书完全是一种病态的占有欲，但凡看见喜欢的，就一定要买上一本，放在书房里、架子上，这样才能稍稍缓解百爪挠心的焦虑，可是他又没有办法，因为只要想到自己在看的书是经过了无数人的手，上面留下了他们的指纹、汗渍，可能还有唾液、皮屑和眼泪，他就无法在图书馆里安静坐下来，坐下来也无法面对在眼前摊开的书，身上一阵阵冷汗直冒。因此，凡是能够买下来的书，他都一律买下来，实在稀缺买不到或者过于贵重买不了，需要去图书馆查阅，姚翔都戴上口罩，戴上白手套，小心翼翼地接过管理员递来的书，轻轻翻着纸张。看他这副模样，不知就里的人都很感动，认为这个人对文化对书籍太虔敬了；知道他是为了避免别人通过文字、书籍与他发生身体—精神的双向接触，都会在心里骂一句“傻逼”。

“我也不想这样，可是我控制不了自己。你看我以进苍蝇小店为乐事，更是地沟油的坚定拥护者，就知道我不是纯粹的洁癖。我跟你说，作为男人，我对自己与男人接吻都能在想象中接受。可我就是忍受不了和别人共享一本书，更接受不了拿着、翻看别人摸过的读过的标记过了的书。”有一次面对小满疑虑的目光，面对她因为不解两个人并不轻松地租住着一套两居，他还非要拿出一间来纯粹当书房而且眼看着这些书籍就要越过界限、侵略到其他房间这一状况而不满，马上就要发飙时，姚翔费力地对自己的病症予以了解释。

不管怎么说，小满接受了他的解释。不接受又能怎么样呢？毕竟两个人都习惯了一起生活。不过比起那些纯粹藏书成痴，把自己变成只拜访不阅读的书橱、书架那类人，姚翔还是好了很多，至少买回家的书他都会撕去塑封或者塑料袋，兴致勃勃地翻上几翻，而绝对不会容忍上架数年仍旧如新这等情况发生。更何况，他还在阅读中养成了很好的记录、分析的习惯，并且勤于笔耕，只用了几年时间就成了圈内颇有名气的新生书评人，卖文的钱除了买书，还能贴补家用。

就这样，姚翔再买书，小满也就睁一只眼闭一只眼。只是在添了两个宜家书柜后，客厅有一段廊道堪堪够一个人勉强通过时，明确要求，今后屋里不许再添书柜、书架了，如果姚翔再买书，就自己想办法、找地方。就是这样，后来也买了不少书，以致两个书柜都堆了码、码了塞地像个消化不良偏又收着腹的病人，每次一拉柜门，就噼里啪啦滚出、掉下好几本来。

现在还是照样，华莱士·史蒂文森的《坛子轶事》打头阵，然后是一套《酉阳杂俎校笺》四本挨次翻滚跌落，接着是厚厚的原版*The Exegesis of Philip K. Dick*，最后是几本小书。姚翔站在那儿等着，看着它们都落在了他经过计算铺好的地板革范围内，等着终于没有书再掉出来，才一本本捡起，尽量按照尺寸码放在纸箱里。这样足足装了十个纸箱，才把两个柜子里的书装完。装箱子之前，房间被书架、书柜构造出了狭长逼仄的感觉，现在书都敛进箱子，房间不经意间呈现一种分裂景象：平齐望过去，书房也好、客厅也好，目光首先被空荡荡的书架和书柜夺去，因为那一排排狭长形的空荡，视野开阔了不少，可是一动脚，却处处不便，哪里都有装满箱子的书在等着。也难怪，毕竟书从架子上下来，占据的空间大小没什么变化，只能从房间里夺取。

姚翔叹了口气，小满晚上回来后一通抱怨是少不了的。好在搬过去的地方要大一些，而且离她上班的地方也近，估计以后她的心情会好很多。这么想着，他拿过手机，想拍两张照片从微信先发给小满看看，让她有个心理准备。手机里有一条新的短信，估计他刚才忙着搬书，没有听见。

“姚翔兄，顺丰通知我，稿子你已签收。请兄多多批评。章千里拜上。”

姚翔愣了好一会儿，才含糊地回了短信，“章兄客气了。”

2

本就不大的房屋中介公司和上次姚翔来的时候一样，挤了不少人，那个喧闹劲头，和买菜卖肉的早市差不多。姚翔走进了里间的办公室，一眼看见小田正在打电话，他早就扯开了领带，一只胖手扇着风。

小田也看见了姚翔，他说了句什么，然后捂住听筒，站起来说：“哥，您来了！您请坐，我接完这个电话。”

这一侧的四个位子八把椅子上都坐着人，干站在那儿也尴尬，姚翔便说："得了，我出去抽根烟，你打完电话出来找我吧。"

一根烟没有抽完，小田就出来了。小田手里拿着一包软中华，略显做作地撕开，抽出一根，死活要递给姚翔，死活当场就要给他点上。看着姚翔吸了一口，再看着姚翔吐出烟来，小田才叹了口气。

"哥，实在不好意思，没想到会出这档子变故。我也是昨天临下班了才接到业主电话，说他刚刚回到国内，房子不卖了。我赶紧给小满姐打了电话，就怕给你们带来不便。"小田丧着脸，又递上一根烟，恨不得姚翔这一会儿工夫把整包烟都抽了。

"什么叫不便？你说得轻巧。我早就跟你说了，打算这两天就搬过去，家里都收拾得干干净净，搬家公司也找好了，你临时给我来这一出。"姚翔忍了又忍，才没有爆粗口，"我说我一直催着办过户你们不给办，是早就想好了的吧？看见房价上涨，反悔了。"

"哥，您冤死我了。您说，反悔对我有什么好处啊！就算这房子再卖，就算比现在多二三十万卖出去，就算还是我接这个单子，我总共也才多挣几千块。可您知道吗？本来咱们这一单已经算进我这个季度的业绩了，这样进公司三年来我第一次季度业绩可以评上优，额外能拿到两万块的奖励，现在倒好，业主反悔，这一单就得作废，我勉强能保住个中评就不错了。您给评评理，我为什么要折腾这个啊？！"

小田缓了缓，看姚翔始终铁青着脸不说话，递过烟去也不接，只好自己点上，结果一口吸猛了，反而呛得一通咳嗽，两只眼睛泪汪汪地望着姚翔。姚翔看着他的样子，要怒怒不起来，想劝慰又赶紧打住，好一会儿，才开口说："别给我演这些了，你告诉我，你们公司什么意思？"

"谢谢哥，拿我当实力派。"小田还是那副顺杆爬的德行，一看情况变化就油腔滑调起来，不过他也意识到了现在说这些不合适，因此真真假假咳嗽了两三声。

“昨天下午接到业主电话，我就赶紧去了小区，结果您猜怎么着，他已经把锁给换了，而且无论如何都不开门，说有事通过电话协商就可以了。没办法，我只能回来告诉经理实情，请经理帮我跟他通过电话协商。业主说，虽然他之前给了公司全权委托，也通过微信和我随时沟通，保持对房屋交易进展的关注，但是他不了解国内房屋市场的变化，受到了公司和我本人的误导，以致以远低于国内市场的价格同意出售房屋，因此，为了维护个人权益，他决定终止本次交易，收回给予公司的授权。业主还说，他也是通情达理的人，之前收到的首付他会在大家达成一致后三个工作日内退回。同时，业主也愿意考虑对您本人造成的影响，酌情予以补偿。”

“也愿意，考虑，酌情，业主是外交部的吗？说话这么字斟句酌，留够了退路，还一副我必须领情的架势。”姚翔听到这里又来气了。

“哥，哥，犯不着跟他计较，您想一个毁约食言的人，肯定鸡贼得要命，顾不上自己理亏也要把话说得滴水不漏不是？再说了，咱们也不稀得他补偿，对吧？咱们就是要一个理字，按理该怎么办就怎么办。”

小田陪着小心，姚翔还是听出来了他话里一层一层的意思，“小田，你老实告诉我，是不是有什么环节你做得不妥当，你们公司没法跟人业主较真啊？”

“哥，这个真没有，这么大的事，打死我也不敢啊！”小田猛吸了一口烟，又递过来一根，姚翔索性不搭理他，小田倒也真是练出来了，若无其事地收回烟。“我们律师分析了现在的情况，从法律上来说，咱们只要申请了证据保全，手机上的授权、沟通信息、业主对购房条件与条款的认可等等，这一系列就构成了完整的证据链条，打起官司来，咱们获胜的把握很大。”

“你等等，你等等。你说手机上的授权，你之前不是给我看过书面授权吗？还有业主的签名和日期。这怎么解释？”

小田的脸一下红了，“哥，授权书确实是业主同意了的，有微信往来为证，我也让他打印出来了授权书、签上字先拍照发来，然后再把原件快递给我。上次你看到的就是我根据照片打印的，原件一直没有收到，不知道他是不是那时候就留了一手，以便将来反悔。”

“不可能。当时我们看得很细，上面是手写的签名。”

“那个，那个是我照着他的签名描的。哥，哥，哥，您息怒，都怪我特别想做到优秀，所以描了一下签名，但您看，这个授权确实是他发过来的。”小田说着赶紧掏出手机，找到那张图。

姚翔扫了一眼小田的手机，他的目光久久地停在小田脸上。小田被他看得低下了头，然后畏葸地后退了两步。

“哥，我对您没有半点隐瞒。不是，我是说，我现在起对您没有半点隐瞒。我也和律师说了，律师说，整体上对证据链条不构成影响，但因为操作上的瑕疵，真要打起官司来，对方确实可以提出异议。这些异议对最终的判决不太可能有影响，也就是说，法院判决下来，咱们多半是胜诉的。问题在于，等到各个环节都搞清楚了，法院也判决了，说不定要一年半载的。就算法院判咱们赢了，房屋售卖有效，对方有心要赖下去，不腾不搬，咱们再申请强制执行，又是一年半载过去了。时间未必准确，就那个意思吧。反正只要对方铁了心要耗下去，时间就短不了。您说，咱们谁耗得起啊。耗得起时间也耗不起心情，是不是？”

“你就别啰嗦了，直接告诉我，你们公司打算怎么处理吧。”

“是。公司的意思，首先咱们不和他纠缠，同意他终止售卖，前提是有一个合理的能让您接受的赔偿。其次，公司建议您现在的房屋再续租三个月，这三个月的房租由公司承担。跟您说实话吧，哥，实际上就是由我承担。第三，公司会在相同区域、地段，为您寻找条件相近的房屋，以往常的情况估摸，三个月内肯定能找到房源，完成交易相关手续。公司也承诺，这次售买免收您的佣金 —— 这桩售买仍旧由我办理，也就是说，佣金里面公司那一部分从我的收入里面扣除。”

“这么说，让你损失不小啊，我都有点内疚了。”

“哥，千万别这么说，都是我做事毛糙，有点损失也是个教训。公司也是体恤我们跑腿不容易，因此这第二次售买虽然不收取您的佣金，但仍旧算我季度业绩。我要是拼一拼，真拼到优秀，也还是能弥补不少。我们经理没说，但我也听得出来，他也不想我一拍屁股走人了，这样留下来的烂摊子就只能他收拾了。”

“小田，不错啊，苦肉计和恐吓威胁玩得都很转嘛！”—— 这句调侃的话姚翔到底没有说出口，小田一番话固然耍了些小心眼，但也是实情。其他不说，小田要真辞职走人，让他光和公司把事情扯清楚就得费一番口舌。业主既然反悔，肯定也是想好对策，打算赖到底了，谁都知道，现在打官司有多费劲，赢了官司要执行有多费劲。

“好吧，小田，我也不为难你。你说的这些有个前提，就是我现在的房东同意我续租三个月。如果他不同意，我估计就得找你们扯大皮了。”

“这个您放心，你们房屋的中介虽然不是我们公司，但那边的经理我认识，我托他打听过了，你们不租了之后，房东打算把房子装修一下，明年儿子结婚用。因此，他没有再找新的租户。你们要是再租三个月，时间上正好。”

3

岳重像个总管一样，从兜里掏出钥匙包，打开桌子左边的抽屉，再从抽屉里拎出一串钥匙，转身、迈步，走到窗户边的柜子前，逐一打开左右三排、上下各二，一共六个的柜门。门户大开。

他伸手做了一个请的动作，说:“蓬门今始为君开。”

“开开开。话说在前头啊，书归书，书评归书评。”姚翔没有一丝儿不好意思，以扫荡一样的细致与粗暴，从上到下，由右至左地挨个书柜翻腾，凡是看得过眼的就抽出来，放在另一张桌上。

“废话!你有功夫每本都写一篇，我也找不了那么多地儿给你发!”说归说，岳重站在那儿，跟随姚翔的身影，目光落在柜子里的书上，和一位随同红娘一起打量成群儿女的慈母相仿。姚翔右手扒拉过去，他就一脸期盼、一脸紧张，交替着得意之作被发现的骄傲、被错过的不忿。

三个柜子扫荡完后，姚翔就挑出了十来本书，岳重扭成一团的表情也分不清是得意还是心疼。

“要不要这么贪心啊?”

“这算什么，大半年没到岳老师这儿扫荡一次，十本书都翻不出来的话，只能说明岳老师工作不认真。放心，十本为界，我会经过二轮三轮筛选的。怎么样，有没有参评好书已经进入最后阶段，哪本书被淘汰下来都很可惜的感觉?”姚翔正贫着，手机响了。拍了拍手，掏出电话，是个似乎有点儿印象的陌生号码。姚翔忽然有了一种异样的、不舒服的感觉。

“姚翔兄，你好，我是章千里。我的小说《清单》，昨天快递给你的。”电话里的声音有点干燥，后鼻音偏重。

“噢，章兄，你好，你好，你好。”三个“你好”，姚翔说得越来越轻，越来越冷淡，说完，他就握着手机冷冷地等在那儿。

“嗯——姚翔兄，我想问问，我的稿子你看了吗？”章千里显然感觉到了姚翔的冷淡，但还是坚持问了下去。

“噢，还没来得及，昨天今天都在忙，要搬家杂七杂八的事，等我……”说到这里，姚翔恼怒起来，恼怒章千里也恼怒自己，“那个，章兄，我不知道你为什么要把稿子递给我，但你肯定搞错了。我只写书评，不评没有出版的稿子。要是你想，呃，想通过我写点什么有助于稿子的出版，我肯定没有那个影响力；要是你希望我把稿子介绍给出版界的朋友，那倒……那倒还不如你直接找上门去有用。”

“姚翔兄，你误会了，我把稿子递给你不是想请你帮忙介绍出版，也不是要麻烦你写两句……咳，是这样，我前一段时间看见你一篇书评，里面提到了《清单》的上一版，虽然是附带提了几句，也就一百来字，可是我看得出来，你真正懂《清单》。我正好完成《清单》的增补版，就想着也许你有兴趣翻一翻，所以，就，就给你递了一份。”

“什么？！”姚翔惊讶地问道，他搜索了一番记忆，没有丝毫印象。“不好意思，我确实忙晕了。恭喜大作增补版竣工……您，你，你预计增补版什么时候出？会在哪家？还是上一版的……”

“看情况吧，我想先听听反馈，也会请一些看过上一版的朋友，让他们看看增补版究竟有没有价值。出的话，我还是希望能在作家出版社出，不过都过去十多年了，得看编辑的意思。”

“作家出版社当然好了，我，我正好来作家出版社这边看一个朋友，当时的责编是谁，说不定我可以帮你问问他？”姚翔急急地问了一句，转过身瞥了岳重一眼。岳重显然听到了他的话，正好奇地看着他。

“噢，你等等。”电话那边传来找书、翻书的声音，“责编是两个，一个是江林老师，我一直和他打交道。还有一个叫岳重，我没见过他，好像是个年轻人。”

“好的，好的，我要是看见岳重岳编辑，一定替你向他问好，问问他增补版出版的事。”

“什么情况？”姚翔挂完电话，岳重就问上了。

“没什么，你原来一个作者，说我在一篇书评里面提到过他的作品，非要把增补版递给我，追着问我读了没有，感觉怎么样。说老实话，他的名字和作品我都陌生得很，压根儿不记得会在什么文章里面提到过，可是别人一副特别领情的样子，我也不好说出口。不过，也向你带个好吧，虽然这个带好是我主动要求的。正好，你也别受之有愧，我明天就把那个稿子转递给你，你看看能不能出，给人回个话，这事也就算了了。”说完，姚翔没有急着继续找书，而是看着岳重，一派重担转交的释然。

“了什么了？你往我这儿一推就算了？”岳重皱了皱眉，“这人叫什么呀？书名有没有？”

“有，有，有。章千里，立早章，千里马的千里。稿子叫《清单》，有点难分类，小说不像小说，随笔不像随笔。你有印象吗？他说上一版在你们社出是十多年前的事了，是你和江林老师一起责编的。那时候估计你刚到出版社没多久吧？时间啊，说起来真他妈快，转眼间你都来作家社十多年了，资深了。”

岳重站着没动，也没有接茬姚翔对时间的喟叹，他皱着的眉头仍旧没有舒展。

“你说的这个人，这本书我都有印象。你还记得我2002年到社里实习吧？实习接的第一个活就是《清单》，江老师让我看稿、填发稿单、写封面文案、送校对、核红，全流程都走了一遍。那是本补贴书，作者给些钱，也就印个三千册的样子，作者拿走五百，剩下的社里发。这样的书正好让我练手，第一本书，我多有热情啊，恨不得把对文学的理解都用到上面了。发稿单、封面文案都写得像文学评论一样，虽然江老师后来把我的文案简化到了极致，但我还是给他留下了很好的印象，他逢人就说我做事认真。第二年我毕业能留下来，跟这本书做得好有很大关系。”

“好吧，看来今天来你这儿真不是偶然的。”岳重这么郑重其事地回忆，姚翔只得先开了个玩笑，“对你这么重要的书，肯定还留得有吧？赶紧给我找一本，我拿回去对对，看这家伙这么些年增补了什么内容。”

说着，姚翔转身继续翻找柜子，而且夸张地直奔最下面的柜子，直接去掏最里面的书，好像确定那本书的藏身处一样。

“别找了！那本书根本就没有上市，别说我，江林老师和作者也肯定都不会有，这世上肯定一本都没有。”岳重说。

“什么？！”姚翔呆在了原地，纯粹是下意识地问一句。

“喂，喂，喂——”岳重也有点慌了，走过来在姚翔肩膀上拍了拍，“没事吧？脸色怎么这么难看。”

“哦……没事，没事。”姚翔轻轻甩甩头，“你刚才说那本书，章千里的《清单》根本没有上市？连一本都没有？”

“也不能说得这么绝对——你坐，事儿有点长，好在今天我屋里这俩都没来，有的是时间讲给你听——我不敢保证那个章千里有没有在其他地方出过这本书，但作家社是绝对没有的。这么说不严谨，严格说起来，应该是这本书在作家社拿到了准生证，也来到了这个世界上，但是未出襁褓就夭折了。”

“操！你让我猜谜呢？直白点。”

“唉，不是看你晕头转向的，先让你缓过来才好切入正题嘛。好，不闲扯。那本书确实是我到社里后经手的第一本书，校对、设计、印制都好了，毛书都看了，已经定好哪天送样书，然后入库了，你猜怎么着？”岳重又卖起了关子。

“我上哪儿去猜？”姚翔没好气。

“给你点提示。之前说过，我是2002年到社里实习的，这本书下厂是2003年春，想到什么没有？对。正是非典。这本书下印厂的时候满北京就已经人心惶惶了，好不容易印制完毕，都订好了4月22号送样书。因为印厂车辆安排不过来，作者又着急，就说好20号作者自己去厂里取他那五百册。结果，作者不知道为什么，20、21号两天都没有去印厂。到了21号晚上，印厂有个工人发烧，整个印厂都被隔离了，社里的样书送不了，作者取样书也进不去。更倒霉的是，隔离还没结束，印厂隔离的工人因为喝酒、抽烟，把工厂给点着了，虽然没有伤着人，没有弄出太大的事来，但有一批印好的书连同胶片都烧了个精光，其中就有这个章千里的《清单》。你说背不背？哥们儿的第一本书哇！那书挺好玩的，要不是烧了，还可以写到工作简历里。”岳重说完，往椅子上一靠，看过来。

“这就没了？！”姚翔难以置信，“人作者的心血，都到了最后一步，烧了就没了？人又没有什么过错，烧了也不赖他啊。总不至于因为说好了去取书没去就要承担所有的责任吧？再说了，都到了印刷阶段，前面的工作都做好了，大不了重新出片，重新印刷嘛。”

“是，大不了重新出片印刷。可是你也知道，接下来两个月时间，全北京几乎完全停止了运转，社里也就是安排人轮流值一下班，谁还顾得上这些零碎。等到6月底解禁，7月开始恢复生产，一切完全正常都快9月了。那时候全社的重心都在抢畅销书、发货、回款上面，谁还有心思来管一本夭折的补贴书啊？印厂老板也认账，说所有烧了的书、由此造成的直接损失他都赔，但也希望社里时间上宽限一点。这种情况下，谁能不宽限呢？我后来忙着开题，写论文，答辩，一周到社里也就一天，最多两天，帮着干点琐碎的事，一直到2004年5月，已经定了来社里，才又开始完整地编辑一本书。”

“你没有再问《清单》的事了？”

“问过一次，江老师说解决了，作者挺通情达理的，工厂把他补贴的钱退给他就算了。再多我就没问，江老师也没说。”

“江老师今天来了吗？”姚翔说着，站了起来。

“你想见江老师？他都退了好几年了。四年，对，退了四年了。真要问的话，我给他打个电话？”岳重也站起来。

“不用，不用，那倒不用。也不是什么大不了的事，我就是奇怪，如果这本书根本没有出过，章千里为什么非要说我看过，还在书评里面提到过呢？”

“这有什么，你回去看看最近写的文章里面怎么说的不就得了。也许你就是顺带一提呢？当然也有可能，你现在名气这么大，人家通过这种方式和你套近乎吧。”岳重又露出了他有点吓人的坏笑。

“滚！反正我明天就把稿子递给你，下次他再找我，就把你的电话给他。你欠的债也该还了。”

4

晚饭时，姚翔一五一十地向小满讲了上午和小田、小田的经理就房子沟通的情况，小满又把上午在电话里没有问到的细节都问了一遍。

“得，反正都这样了，那就顺其自然吧。再住几个月也没什么，我也跑习惯了。”小满说。

“我之前还发愁呢，你这么多书，一个卧室都搁不下，都要挤到客厅里，真的只给半个客厅，最多半个，能怎么放。我今天在网上找到一家定制书柜的，宽可以做到六十，高可以做到两米六七，格子的高度可以减到二十多一点。反正就是上门测量，根据需要定做出最有效利用空间的书柜来。这样一来也好，可以让他们早一点去做，还能放放味。”小满说。

“我在想，咱们现在这个时候买房是不是合适？毕竟都租了这么多年了，再说，现在房价又疯涨起来了，等一等也不算坏事。降是不可能降下来，涨幅慢一点总没问题。事情总有个尽头，等它涨到不涨了，咱们再看情况定也不迟。现在变化这么大、这么快，北京又要搬到通州去，那时候咱们住的地方就不是北京，而是首都了，谁知道房价会怎么变呢？等等就等等，你千万别着急。啊——”小满说。

“居者有其屋的思路是不是一定对？一定要买套房子，一定要把名字写在房产证上，要按照百分比来约定两个人对一套房子的分割比例，咱们是不是一定要这样才能安心？买房子的思路也许从一开始就是错的，就是对约定俗成、对世俗眼光的屈从。你想，买了一套房子，就算多一点，两三套房子，那意味着什么？财富。当然可以这么说。有恒产者有恒心嘛，可是咱们要这个恒心干什么？人生短暂，难道就应该用来束缚在一套房子上？难道我们就应该以一套房子为圆心，余生就围绕着它来转圈？就算半径长短可以伸缩，核心不还是在这里吗？往远一点说，所谓财富不也是生不带来死不带去，随聚随散的浮云吗？那还有什么必要把房子作为财富符号，一定要放在名下？这么一想，能够租房子才是更大的自由，对不对？比经济自由更大的行动自由。咱们可以离开海淀，去朝阳，去丰台，东城、西城、宣武、崇文，想去哪里，哪里还陌生，都可以租上一年的房子，搬过去。再远一点，密云、门头沟、顺义、大兴、石景山、延庆，都可以去住啊。是不是还没有听说谁在北京各区都住过的？胡同啊，社区啊，酒店式公寓啊，乡村房屋啊，各种房子咱们都可以去住。”小满说。

“咱们以前总想有个自己的房子，除了根深蒂固的汉民族文化心理的积淀影响，也因为你越堆越高的书让我焦虑，一想到搬家就头疼。现在再想想，那也不算什么，是不是？就算一年搬一次，再频繁一点，半年搬一次，无论如何，不也都能在一天之内搬完吗？这种并不能经常遇到的变化，我怎么还会想去拒绝呢？要从便利的角度考虑的话，我们完全可以把这些书都放在箱子里，随时做好动身的准备，我们可以做个目录，把每个箱子里装了什么书标示清楚，这样你再找什么书就完全有的放矢，比把书放在架子上效率还高吧。要是你不想这么有条理，更好了，就让它们待在箱子里等着你挨个找过去。是不是保留了很多的未知，每一个箱子都充满了惊喜和可能性？”小满说。

“是没错，这一次咱们考虑买房子的主要原因除了虽然房价一涨再涨，但咱们工作这么多年后，攒下来的钱终于付得起首付之外，还因为现在住的地方离我单位太远，你不忍心让我每天再消耗这么多时间在路上。刚才说房子是固定死我们的圆心，单位又何尝不是？换个模式，房子、公司不就是固定的两个焦点，咱们每个人不就是在围绕这两个焦点构成的椭圆形面积里活动？既然房子可以不必固定在一点，单位又有什么必要固定在一个点？说实话，这个工作我也腻了。天天见客户，随时都准备接电话，我本来挺喜欢跟人打交道的，挺喜欢听别人说他们的生活，在不那么功利的来往后，建立起信任，对方给你讲讲他的开心、烦恼，你看到对方皱着眉、流着泪，听到他长吁短叹、欢声笑语，你不奇怪，对方也不奇怪，在这种时候，让我觉得和别人有关系，关系还很紧密——我喜欢这样和人打交道。现在呢，都是标准化的表情，一个模子里造出来的一样，说的都是无缝对接的事务性的话，没意思。你说，我是不是可以考虑换个工作？去做一个调解员，拿着大桶接别人倒过来的苦水。我也可以去做一个图书馆的资料员啊，只和图书打交道，目光就落在纸上，走在一排排的书架间，安安静静地。做个技术人员也行啊，小心翼翼地以毫克为标准地把试剂滴进要观察的器皿里面，在显微镜下观察让人又紧张又兴奋，恨不得窒息的变化。这些不是都挺好的吗？”小满说。

“说起换工作，它就不只是一份工作，对吗？做自己想做的事，这不是最重要的吗？大学的时候你和我说过的很多话我都记得。比如说，你想去支教几年，就像马骅一样，在一个完全脱离了之前生活的地方，踏踏实实，每次只做一件事。比如说，你想去海边，是不是三亚不重要，反正眼前是一片汪洋，然后拿起画笔，用一年时间画一幅油画。不要笑嘛，这些想法当然有些孩子气，不是想做的事孩子气，是想做这些事的原因、去做它们的方式孩子气，但是有什么呢？一辈子能孩子气地活着，至少活上一阵，这多开心啊。为什么不可以呢？需要离开北京我们就离开北京，需要在什么地方停下来就停下来，需要停多久就停多久。这样多好！我们还可以买一辆房车，买一辆依维柯把它改造成房车。我在网上看到过，有个人把他的车改造成了一居室的模样，有床有厨房有卫生间，开着就上路了。我们也可以啊，那我们就真正是以路为家，永远在路上了。再简单一点，我们可以把帐篷塞进大背包，就这么上路。”小满说。

“抛开这些一成不变的，僵死的生活。不要确定，不要固化，兴之所至地生活。彻底把我们的观念更换一下，迎接新的局面，这样好不好？我不是说新就一定好，况且，也没有什么日日新的生活。但是至少保留开放、变化的机会，每天早上睁开眼睛的时候，都不知道这一天会怎么结束，这种刺激，总能让人保持新鲜吧？当然会疲惫，但是不会麻木，对不对？这种生活的轮子一旦转动起来，根本就不允许我们麻木。不要房子，不要存款，不留退路。稍稍停下来就会被锋利的刃口划开一条口子，无法止血的口子。没有必要把这事浪漫化，也没必要把它恐怖化，对不对？所有的生活能够有效地进行下去都只有一个前提，那就是对它的原理一清二楚，可并不因此心生畏惧。”小满说。

“那自然也是一个选项，一种可能了。为什么要回避呢？选择固定的死沉的生活是为了避免激活它们，一旦上了路，就无法排除。我也没有说必定，对不对？不喜欢就不喜欢，不爱就不爱，没法在一起就分开，这正是不畏惧的本义啊。就让我们如实地上路，如实地迎接未知吧。肯定不会故意迎着这种我们都不愿意出现的局面撞上去啊。在路上，我们肯定会是更亲密的爱人。因为我们都向彼此脱去了伪装啊，那种惯性局面下的伪装，在确定的生活轨道上不可能会被甩掉，在未知的撞击下，它们很快就会粉碎。伪装下面的面目，我们那少见阳光的鲜嫩苍白的面目，是不是还能相处融洽？谁都不知道。但有什么要紧！这一路上我们不要恐惧，不要因为恐惧而压缩我们的选择。为人父为人母，只要我们想，只要我们觉得合适，就可以去实现，我们就可以有自己的孩子。这不是自我放逐，不是内心的流放，外在的也不是。我们也不维持外在的形式，为了显示生活没有缩减而放纵虚荣心，去过多占有不必要的生活元素。一句话，我们要必要的、充分的生活。这样当我们回过头来翻检时，会发现一切都在它应该在的时间、位置，从来没有缺席过。即使一时没有找见，也只是因为一时没有看见，迟早都会发现。”小满说。

5

趁小满睡着，姚翔擦去了她挂在睫毛上的泪水。他回到客厅，看着码成堆的纸箱，下意识地掏出手机。

只要回到家里，姚翔就会让手机静音，一来避免来电打扰他写稿的思路，二来也不想让铃声粗暴地闯进他和小满的生活。现在，屏幕上显示，他有三个未接来电。三个都来自一个号码，今天下午和他通过电话的号码，章千里的号码。姚翔看着手机屏幕上标识未接来电的红色数字，一阵恐慌不由自主地涌上心头，他抬头看看天花板，仿佛那里有一双眼睛正注视着他，他的一举一动都无所遁形。

压制住被窥探被监视的恐慌，姚翔放下手机，走到码放打好包的纸箱堆前。他搬过来一个纸箱，撕开封口的宽胶布，一本书一本书地拿出来，放在地板上。每一本书他都注意力完全放在书名上地快速扫过。只花了一个多小时，翻找了十多个纸箱，他就找到了章千里那本《清单》。

等到姚翔看完全书，已经是第三天的下午八点了。放下书，他给自己煮了一碗酸辣面，吃完面倒头就睡，一睡就睡了十四个小时三十七分钟。醒来后，姚翔拿过手机，和他预料的一样，过去的六十多个小时里，没有一个来电，短信、微信统统没有。

但姚翔还是毫不迟疑地，或者说，他还是急迫地拨了那个电话。电话接通，不待对方说话，不待确认对方的身份，姚翔就径直说。

“我们需要见上一面。”

清单（选）

可及

远山　在固定时间，固定位置，安达每天都从窗户这儿拍一阵。十八楼，可以保证他的视线、镜头越过渐次推远、起伏不定的楼群，落于远处的西山。西山自然不是一座山，而是连绵错落的山峦勾勒出的山群，成为了西边的地平线或者视线没收处。气候不同，远山的面目便也不同。有时候只在烟霭雾气中，模糊的轮廓若隐若现，有时候也缀饰以白云，堆垒出更见庞大、涣散的体积。然而，也把远山推得更远。

每天安达拍的时候，郭阳都还赖在床上，闭着眼睛，懒懒地哼出“天气怎么样”“你今天中午来一趟我们公司”“穿那件浅蓝的衬衣就行”“小李的事你帮我问了没有”“晚上别等我回家吃饭了”“九点到地铁站来接我”诸如此类的问题或者话语。安达拍完，把所有照片导进电脑，一张张对比下来，选定一张命名后放入专门的文件夹里时，她才从床上爬起来。等到安达把这一张照片再重叠进往日所拍的照片重叠而成的图片里时，她已经洗漱完毕，走了过来。

郭阳会站在安达后面，看着那张每日重叠而成的新图，仔细得就像在玩高难度的找不同游戏。看完后，她会伸出手指，在屏幕上指着几个点，或画出几条线，予以点评。

“这是今天新增加上去的。”

银幕　这就是柏拉图那个洞喻的现实版。记不清是多少回进电影院了，但是产生这样的联想，一旦想到就无法更改移动，这是安达第一次。痴想了一会儿光的投射、影的产生，真实究竟有多少重之后，她的思路跳到了银幕上。那还能算幕吗？安达吃不准。就算是幕，也是会如墙一般纹丝不动的幕。她想起小时候，放露天电影的时候，哥哥总是带着她去银幕后面。她们躺在稻草堆上，半仰望着有一层楼那么高的银幕，人和物的方位都是反的，但是大多数时候都毫无影响。很多时候都有风，大的小的，刮得银幕起皱或摇晃，就好像银幕上的一切、银幕下的她，都在一艘船上。船，则行在海上。

……

不可及

他人　手顿了顿，刮胡刀错了错，一丝红色从剃须膏的泡沫里渗出来。安达怔了怔，刮胡刀交到左手，右手擦掉泡沫，脸上拉开了一道五厘米左右的口子。血还在往外流，不紧不慢，流出的都被泡沫稀释了，那红色显得一点儿都不真诚。打开水龙头，用清水冲了冲，这下看得更清楚了。这么快，口子两侧的皮肤都有点翻卷了，短时间内留下一道浅疤在所难免，但愿慢慢地疤痕会变淡，很快消失。然后，安达就看见了那个人，那个在他脸上剃须的男人。男人刚刚拿出剃须膏往脸上抹，抹到了耳垂附近才停下来。他也是先从右边开始，一下一下，就像是在用镰刀收割麦子。然后，男人停了下来，他把刮胡刀交到左手，右手擦掉泡沫。看着男人擦掉泡沫，安达注意到自己的脸上再度流血了。只不过，这一次他分不清是从原来的伤口上流下来的，还是从男人的脸上流到他的脸上的。安达屏气敛息，一动不动，他告诉自己，千万不要回头看。这样僵立了一会儿，安达开始恨在脸上看到的那个人，也开始恨能看到他的自己。

玻璃杯　“有没有这回事，手握玻璃杯就能把自己注入其中？其中是哪里，是杯子里空的空间，还是成为杯子的玻璃材质？如果是后者，那究竟是杯壁，还是杯底？”安达握着玻璃杯，问蔡霞。蔡霞从鼻腔里哼出了“不知道”。

……

占据空间的

啤酒　安达反复说：“这是最后一杯了，最后一杯。”陆丽就笑，笑完了她就和安达碰杯。终于，又喝了四杯之后，陆丽再一次笑的时候，安达生气了。

“你他妈的不相信我，是不是？你以为我说话真和放屁一样？”安达问。

“我不是笑你说话不算数，我是笑你为什么要反复说，没什么必要嘛。”

“不，你不懂。”安达右手的食指摇了摇，“我是在说服我的胃，也不是说服，是骗它。啤酒是什么？是味蕾与胃囊分离的东西。从口腔到咽喉，都享受啤酒的冲刷，但承受的是胃。小小的胃如何能够盛得下这么多的啤酒，这么冰凉，味道怪异的啤酒？如果我不告诉它是最后一杯，它就没法放松警惕，更没法放松束缚，一旦胃拒绝接受，别说一杯啤酒，就是一口也休想灌进去。‘最后’这个说法总是能提升耐受性，既然是最后一杯，那就不妨接受了吧。”

“说得真像那么回事。”陆丽大笑起来，笑完自己喝了一杯，喝完之后说，“这是我的最后一杯了。但愿我的胃能像你的那样不长记性，被一骗再骗都安之若素。”

“你算是抓住要点了。胃是人体中记忆力最差的器官，记忆时间还不到鱼的一半，所以你看，我只需要说两遍‘最后一杯’，时间就过去了。”

“这是最后一杯了，最后一杯！”安达说完，抓起桌上的啤酒，一鼓作气吹掉了一瓶。

短信　梳妆桌的抽屉里，放着一只老诺基亚手机，那时候只能存下30条短信，安达经常斟酌哪些短信必须删掉。一段时间后她养成了习惯，手机里始终也就保存了6条短信，还都是女儿发来的。女儿当然在不断发来短信，但是取舍也始终在进行。一直到不用这款手机，它也就和六条短信一起保存在了抽屉里。那六条短信，每一条的开头都是“妈妈”。

……

可建筑的

城墙　安达想老老实实地建起一堵城墙来。这个愿望的生发没有任何深层次的缘由。建造城墙并不容易，需要先找到可以建筑的地方，还必须是在边界上，一堵城墙如果没有实际的用途，还有什么修建的必要呢？好在，安达有他的房子，连同房子外面的院子都是他的。安达不想马虎，他按照明代人修筑长城的方式，买来青砖、石灰、沙子、糯米，然后一层一层地青砖码上去。城墙当然在必要的地方拐弯，垛子、瞭望口、射口也都要保留。这样的工程耗时费力，从院子里修筑一圈就花了二十年，再修进房间里面，沿着客厅、厨房、主卧、卫生间、次卧、客厅的顺序修出来，又是十年过去了。当再一次修进、修出后，房间里面已经只在局部留下容人侧身而过的空间。院子里面再修了一圈之后，城墙大功告成。不需要爬上城头，就能想象到城墙为他构筑了无穷无尽的世界。垂垂老矣的安达欣慰地倚靠在城墙这边，作为守城者，等待着攻城人的呐喊声响起。

……

可拆毁的

图书馆　接到拆掉图书馆的通知，安达很不安。虽然这座社区图书馆和他没有关系，他以前甚至不知道在这个将要拆除的小区院内还有一座图书馆，但他还是很沮丧，因为他总觉得，图书馆里一旦放上书，就像庙里塑了像请了神，已经有了灵气。不管放的什么书，不管放了多久，最多是灵气大小，就像神的高低。而灵气和神，总是高于人的。孟小萌也不赞同，她的理由要简单一些，“儿子下个月就高考了，现在去拆图书馆，不是好兆头。”

是不是好兆头都得拆，这个道理安达当然知道。孟小萌劝他干脆装病躲过图书馆，他没有听，她也就没再说什么。背地里，她当然没少唉声叹气。

真拆起来倒挺顺利的。安达亲自进到图书馆，本就不大的三个房间、十九个书架挨个检查了一遍，还都敲敲打打一番，以免遗漏下任何字纸，甚至连洗手间他都搜罗了一遍。所有找到的不便于带走的字纸，他都拜了又拜、念了又念，才一把火给烧了。然后钻孔机上前，从房顶开始，逐一将图书馆的各个房间推倒。在腾腾而起的尘土中，安达看见有一块醒目的黑色物体掉下，落进了瓦砾堆中，他挥手让钻孔机和推土机的司机都停下来。

扒拉开盖着的尘土碎砖，安达看见那是一块黑色的大理石匾额，已经破碎，他刨出来的是中间一截，上面一个錾金的颜体字：書。

智齿　难道这时候它还在长？以什么速度长，会在这一刻长到触发疼痛的临界点？——疼痛是延后的。安达可以确定。因为他感觉到了疼痛来临，却仍旧有时间问了自己这样两个莫名其妙的问题。然后疼痛才像潮水一样，覆盖他的意识。猛烈的、爆炸的、灼烧的疼，沿着右腮下侧扩散，扩散中一根粗直的线轰然上蹿，直抵脑门。安达“啊”的一声尖叫，连自己都被这声音吓着了，右手原本要去捂住右腮，却因为声音太大，转而去捂住了自己的嘴。

捂住嘴却似乎阻断了疼痛蔓延的趋势、深入的烈度，安达有时间发现自己已经坐了起来，睡衣已经粘了一层汗，贴在身上。右手再偏移一点，到了腮帮子上，那里已经被肿胀撑得硬邦邦的。指头摁下去，有一点凹陷，疼却再度被点燃，让安达一个激灵，将他从床上赶了下来。安达绕着床转了两圈，无计可施，莫可奈何。那强悍的疼痛让他手足无措，他只好开了灯，仿佛光亮可以缓解疼痛；他只好走到窗户边张望，仿佛深沉的夜里同一个小区还没睡的人能缓解疼痛。

然而听着上下牙床因为疼痛而战栗般地发出轻微的磕碰声，安达最终还是只能在桌前坐下。他拿出一面小镜子，找到一只小手电，准备张开嘴巴，查看一下那一颗之前一直安分，甚至不为他察觉的智齿，为什么会突然发作，引起这样严重的后果。就在嘴巴张开的那一刻，安达犹豫了，他不知道，是不是应该等陶乐回来让她来看，毕竟她是牙医，毕竟这么多年，他的牙齿都是她在照看，也是她告诉他，这颗智齿不用拔不用理。安达担心，没有得到陶乐的指引，那颗智齿将会混迹于其他牙齿，让他无处可觅。甚至，它转移到其他地方，兴起更大的疼痛与灾难。

记录仪　叶咏珊最后的身影是在记录仪上，安达久久难以接受这个事实。当然，他之前知道，咏珊在记录仪上留下了身影。但没有想到的是，他居然没有在其他的设备上留下她的视频。手机上没有，相机里也没有。

每天早上，车在离咏珊公司三百米远的路口停下来，咏珊下车，都会在说了“拜拜”后，有点刻意地走到车的右前侧，回头冲安达一笑，再挥一挥手。这是两人生活中近乎仪式的一幕，已经习焉不察，激不起丝毫的情感波动，然而却又是那么不可或缺，以至于谁都不敢马虎过去。

而现在，咏珊一天早上道了别就了无踪影之后，它们成了安达可以最后摩挲的影像。因为是咏珊失踪三天后忽然意识到记录仪里面内容的可贵，那时候循环录制的内容已经覆盖了之前不少内容。尽管每天开车时间不长，上面也只能看到两个早晨的咏珊了。安达特意把两个早晨不足三分钟的影像剪出来，剪到一起，设置成循环播放。这样，他每天回到家里，一打开电脑，播放那段视频，就能看见咏珊无休止地往前走三步，以右脚为轴，转身、回头，挥一挥手。打开的车窗传过来她不高的声音“开慢点”，一次她笑了笑，一次她把垂下来的一缕头发抚了上去。

两次的后续是一样的，咏珊招了手说了话之后，转过身去，从容地一步一步离开。更一样的是，两次咏珊完全消失在记录仪镜头里之后，视频都晃动了一下，然后她先以声音，后以身影再度出现，不知疲倦。

……

有缝隙的

书架上的声音　连续第三个晚上了。因此，声音一响起，安达就确定是书架上发出的。他放下手里的书，声音没有像第一个晚上那样停止；他走到客厅，声音没有像第二个晚上那样停止。他打开客厅的灯，声音仍在响起。哔哔剥剥，轻微的，并不连贯的，然而保持了某种持续性的声音。会是什么地方响起的呢？安达自问却无法自答。他走到书架前，厅里就这么横着的两排书架，充作屏风，分隔出客厅、餐厅的功能。无法断定声响来自哪一排书架，也有可能两排都有。声音并不因为安达离得更近而停止或提高，仍旧是哔哔剥剥，但是因为离得近了，安达不禁想象着有一只手，甚或是一只女人纤细的手，葱白的指尖在书架上划过、敲打。你不要藏着啦！安达说，说完自己也笑了一下。如果此处的“你”指声音的源头，具体发生的地方，也没有错。可是不管是哪种，显然对方都没有听从他的招呼。安达试探着从书架上抽出一本书来，声音丝毫不受影响，无视他的举动。抽出第二本，没有影响。抽出第三本，没有影响。抽出第四本第五本……安达尽量不要让自己气急败坏。他也没有工夫气急败坏。因为他全身心都投入那个声音上面了，因为他需要核实、比对，只要声音有一点点差异、变化，他就逮着那个制造者了。没有。那声音自顾自地进行，连提醒安达这一切是否和书有关都没有，也懒得就此嘲笑。安达不死心，也别无他法，他必须坚持下去。于是，这个书架从上到下六格，那个书架从下到上六格，所有的书都被他搬到沙发上，堆到了地板上。最后一本书放在书堆上时，安达猛然转过身，正对着书架。那声音停止了，停止得很决绝。安达再拿起一本书放回书架上，声音也不再响起。安达拿起第二本书，准备再放回去，可是看着那书牛皮纸的封面，他又想用手指在上面轻轻挠动，挠出还存储在他脑子里的声音。

背影　最初纯粹是赌气。一整天，明阳都能注意到安达在拍自己，一旦意识到被她发现，安达就会讪讪地把手机的镜头往旁边移，装作在拍花草树木、山水云雾，或者干脆收起手机，仿佛拿出来只是为了接一下电话、看一下微信。明阳讨厌拍照，讨厌被人拍，更讨厌的是这样的鬼祟。白天她忍住了，晚上躺在床上准备睡觉时，她到底还是忘不了。硬从安达那里要过手机，里面近百张照片全是各种背影，直接对准后脑勺的，侧拍的，实拍的，虚拍的。这是什么意思？明阳问。背影的表情更丰富。安达答得曲折、含糊。更让明阳气愤的是，说了这句话后，他居然心安理得地转过身睡觉了，扔下后背给她。明阳决定了，从此以后，她只背对安达，给他背影，让他丰富去吧。让他再也见不到自己的脸。这么想定后，明阳也转过身，背对着安达。她列出了详细的计划，怎么样在两个人共同生活的时间里完全做到只给安达背影。但是她还来不及去想象这样长此以往的后果是什么就睡着了，但是做了这个决定不到三个小时，明阳就在梦里预见到了后果，那就是当她想找到安达的时候，也只有他的背影。安达的正面已经被明阳搞丢了。

……

被锈蚀的

失真　“啊？！”安达目光从医生的胸牌上抬起来，注视着医生的眼睛，想从那里确认她刚才说的是什么。李玉丽，主任医师。那上面写着，还有一串编号，他没有看清楚。

李玉丽医生显然见得太多了，安达连续的“啊？！”和总是重复的无辜表情丝毫不令她意外，她低头在病历本上写了两行字，安达瞟了一眼，只勉强辨认出了“迟缓”两个字。

“我是问你，有什么症状吗？有没有什么地方觉得不对劲的？”李玉丽医生问道。

“我说不好，医生。我在网上查了，也和患过抑郁症的朋友聊过，那些典型的症状，什么心境低落、思维迟缓、意志活动减退、认知功能损害等等之类的，我都没有。所以，我也不知道自己是不是抑郁症，可如果不是，我更加不知道它能是什么了，所以就请你帮我确定一下。”安达一气说完，探询地看着医生，想从她脸上获得认同。

“哦，这个你倒不用担心，现在抑郁症已经快被妖魔化了，导致很多患者有不必要的恐慌。既然是症，就有表现，就分不同阶段，就因人而异，最重要的是，也就有应对方法。这些想必你也很清楚，所以，我们现在不妨抛开抑郁症这个词，来说说，有什么让你感到需要来和我聊一聊的。”

“你说得对。我现在的问题是失真，嗯，不是那个失真，而是说，我失去了真实感。你明白吗？也不是失去了真实感，认为自己活在梦中，感到恍惚。是我自己，怎么说呢，让我继续拿梦来做个比喻，我不是似梦似醒，不是怀疑自己身在梦中，我知道自己是醒的，可是我没法从醒当中醒过来，你明白吗？我丧失了对真实的感知，现在的我离完全的我还差了一层，那一层用比喻来说，就是醒过来。”说着说着，安达目光又落在了医生的胸牌上，他想看清楚她的名字是什么。

……

梦内

蜘蛛　那蜘蛛呆呆地朝着安达，没有行动的意图。安达无从确认蜘蛛的八只眼睛（是的，他确定它有着八只眼睛）是否都看着自己，如果看着它们是聚集于自己身上的某处呢，还是分工协作，分别看着特定区域，他也无法辨别八只眼睛中有几只里面映现着自己的影像，但安达还是被蜘蛛目光中的空蒙所慑，心里一阵阵发寒。

安达知道所谓目光、所谓空蒙，多半都是自己的想象，是恐惧的结果，可是他没法不想象下去。安达分明感到，自己的恐惧是食物的恐惧，是面对享用者，毫无反抗能力的恐惧。安达鼓足勇气，才能一点点偏移目光，看了看四周，没有任何可资使用的工具、武器，恐惧有根有据。能怎么样？刚才已经试过了，如果再次伸出手去，再被别的蛛丝粘住，多半就没有那么幸运，可以趁着月亮被乌云遮住而挣开，缩回来。

真的是幸运吗？安达哪里敢断定。蜘蛛是借助月光来看护蛛网，来明确猎物的？安达无法说服自己。可是蜘蛛就那么望着自己，可是现在月光明亮，可是他的双手已经举累必须放下来了，可是他背上交错的蛛网仍旧那么柔韧、敏感，只要他动一动，必定会被传递给蜘蛛，而蜘蛛的八只眼睛，随便哪一只都能够看清楚他的意图。

猫眼　安达扒在短促的管状窥视孔的这边暗暗断定猫眼外什么都没有，随之而起的是质疑声在心里响起，真的什么都没有吗？如果没有的话他会看见什么？毫无疑问，是正对猫眼的邻居家鞋柜上的白墙，即使光线暗淡，也应该是暗灰，隐隐约约的白，而不是现在这样，一团空茫。可是在这黎明晨光，窗户外面都厚重晦暗，别说狭窄的楼道了。干脆不理它，滚回床上继续睡觉，要不打开门一看究竟，可两者安达都不敢。安达不禁悔恨交加，起来喝水就喝水，发什么神经，要扒在猫眼上往外看？！悔恨归悔恨，他仍然不敢贸然离开，不敢承受接下来的变化。咚咚咚，安达右手在门上捶了三下，楼道里的声控灯应该开了吧，就算开不了，至少也能告诉耳朵贴在门上偷听屋里声响的家伙，我安达，发现你了——出其不意，吓对方一跳总是好的。没有灯光，也没有声响。外面那个家伙真沉得住气啊！安达恼怒加恐惧，发疯一样在门上连续捶打，咚咚咚咚咚咚咚咚咚，门外照样毫无反应，但这阵敲门声可能吵醒了楼里其他人家，因为安达很快就听见一阵猛烈的咳嗽声，与此同时，还有一双拖鞋在地板上趿拉的声响，再过了一会儿，就听见了楼上那家冲马桶的声音。你总该知道，不是我一个人醒了吧？安达简直得意起来，他再往前凑一点，猫眼外面仍旧什么都没有。等等，安达心头一阵狂跳。猫眼外面果然有东西在动，那是正对着猫眼毫无偏差地直直向后移动。安达先是看见一点黑色的瞳仁，然后是琥珀色的眼睛，然后是上面黑毛下面白毛的眼眶，然后是鼻梁和鼻头，然后是另一只眼睛和嘴巴和挺在嘴巴两侧的长长白色胡须。一整张猫脸在猫眼里露出不到五秒钟，在楼道里的灯光熄灭之前，再度向前移动，移动到猫眼外侧。

……

梦外

独角兽　“安达，你看那是什么呀？”徐嘉忽然指着右侧人行道前方不远处。安达顺着她的手指，再三辨认，才从弥漫的晨雾中看到两条稳步迈进的后腿，后腿间还垂着什么。不用说，肯定是尾巴。

“马吧，要不就是骡子，或者……”安达本来要说“驴子”的，但是他对驴子有没有可能是白色的吃不准，“你说也够辛苦的，这么一大早，这么大的雾，还要出来驮东西。不过也是，再过一小时，不管是马还是骡子，都得回到主城区外了。再不济，也不能大摇大摆走在主干道旁吧，还是人行道。”

“我看不像！”徐嘉没有搭理安达后面那一串嘟囔，“你看它迈步的动作，再看它毛色的纯净，哪儿像是干活的牲口啊，哪儿像是马啊骡子啊这样的牲口……”

“嚯，你又懂了？！你什么时候懂得这么多的啊，还动作，还毛色，还看不起马和骡子，真要给你各来一匹，我敢保证，哪个是马哪个是骡子，你都分不清。还跟我说什么‘牲口’‘牲口’的。”

“得了吧。我就算分不清，也知道前面那绝对不是马也不是骡子。废什么话啊你，踩一脚油跟上去看一眼不就得了嘛。”徐嘉指挥着。

“踩踩踩，说雾大多加小心开慢点是你，说给脚油赶上去也是你。”安达提了速，但注意力都落在了前面的雾气中，就好像那里随时都可能有不明飞行物坠落。

“你看！你看！”徐嘉兴奋地指着车窗外面。

车已经追上那稳步行进的家伙，“真是一匹好马！”—— 要不是一眼就瞥见了它额头中间那根长长细细，呈灰白色，如一件法器一样斜指向天空的角，安达真要这么感叹一句。

……

从人

吃梦人　“昨天晚上怎么样？几个？有没有遇到什么问题？”一如往常，两个人都醒了之后，在床上躺了一会儿，确定彼此都清醒了，安达问。

陶乐思没有吭声，她眼睛瞪得大大的，目光却轻飘飘的，过了好久，才长长叹了一口气。“不好。三个，哦不，四个。一个纯粹是异想天开，发了一笔来历不明的大财，就算是在梦里他也不知道拿这么大一笔钱怎么办，全部堆在房间里，我先吃了那些钱，再吃房间，最后吃掉他在其中的痕迹。干干净净，他醒过来也不会留下丝毫记忆。一个乱是乱点，也还是日有所思夜有所梦的套路，全是白天经历切碎后的组装，你知道，这种梦不对我的胃口，吃起来难受，又总是有遗漏，但想必他醒了之后也就是怎么想都想不起细节，然后就放弃了。一个是一团黑，黑里面像沾水蛛网一样，有丝丝点点光，搞不清楚来历，弄不明白去向，简直就是特等，我吃了好长时间，没有放过任何一个角落、任何一团阴影，要是刚开始，估计我会追着往上吃，搞得她第二天脑袋疼。”

“好，干得不错。下次再遇见第二个那种情况，可以放在一边，如果整个晚上没有更合适的梦，再回来吃它，就算完全放过它，也不会造成多少位移。第三个的取舍最重要，从你的描述，这个尺度你已经掌握。我留意着，下一次有类似的梦跟踪一下你的处理方式，如果没问题就可以向你开放更深重的梦了。第四个梦呢？”安达逐一点评后又追着问道。

陶乐思再次不吭声，知道沉默对付不下去了，她赌气说：“为什么总是我来说，你来听，你来判断？说说你的。你昨天晚上怎么样？几个？有没有遇到什么问题？”

后面这几句话，声音和语调都很像安达，也不知道她是刻意模仿还是无意识带出来的。

“乐思 ——”安达喝止了陶乐思，他侧身看着她，左手抚摸着她的脸颊，“第四个梦呢？”

“第四个，第四个，第四个肯定是你的梦。”陶乐思没有理会安达的手，带出了哭腔，“我走进一个房间，房间六面都是我的脸，墙壁、天花板、地板，都是我的脸，不是画上的，就是我的脸，只不过是平面的。我一进去门就关上了，关上后门就消失了。那些东西，只要我看见了，就是我的脸，那些桌子、椅子、电视、空调、沙发、书柜、书柜里的书、桌子上的杯子、饼干、空盒子，所有的东西都是我的脸，我也不知道为什么，不是我的脸的样子，是我的脸，我也不知道为什么，反正它们就是我的脸。”

说着说着，陶乐思的眼泪夺眶而出，顺着脸颊向耳朵流去，她不管安达正擦去那些泪水，哭得越来越厉害。一边哭，陶乐思一边说：“你说，那是不是你的梦？你的梦里为什么只有我的脸？你去哪里了，为什么只有我的脸？”

读经人　站在窗户这儿，不踮脚、不伸长脖子，安达就能看清楚楼下地铁站B出口的全景，自然也能看见那个西装革履、皮鞋锃亮的中年人。和早上安达出地铁口看见的一样，他还是身子笔挺，双脚并拢，手里捧着一本中华书局版的《维摩诘经》在读。他声音朗润，咬字清脆，因而尽管念得很轻，路过的人稍一留意仍旧能清楚听见他读的是什么。

安达就是听见他念“从慈悲喜舍生。从布施持戒忍辱柔和勤行精进禅定解脱三昧多闻智慧诸波罗蜜生”时，停住脚的，听到他接着念“从方便生。从六通生。从三明生。从三十七道品生。从止观生。从十力四无所畏十八不共法生。从断一切不善法集一切善法生……”知道是在念“方便品”，他本来想等着对方读完第二品聊两句的，可是那人毫无间歇休息的意思，紧接着就读起了“弟子品”，他也就不便打扰，转身上了楼。

现在离下班只有一个多小时了，那个人还一直站在那里，如果只读《维摩诘经》，想必读得也该有五六遍了。安达确信那个人没有换书，不只是因为他每过十来分钟就站起来往下面望一眼，没有看见丝毫更换的迹象，也不只是因为他午饭的时候出去确认了一眼那人手里的书仍旧是《维摩诘经》，更主要的是因为，他断定那个人就是为了读这一部经才会始终站在那里，以安达看来被关禁闭、受刑般一动不动的身姿，以不喝水、不吃饭、不擦汗等苦行的方式一直站在那里。

现在，安达就站在楼上看着那个人，看着他似乎挺拔稳重如标枪又似乎在微微晃动随时可能倒下的身体，他只希望，等他下班的时候，那个人还在那里。这样他可以走过去问问他，为什么要以这种方式读这部经。也有可能，安达也只是再次从他身边经过，听听他读到哪里了，比较一下声音和早上的差异，然后什么都不说，下了扶梯，经过安检，检完票，走进地铁车厢。

……

可苦笑的

鼠尾　老鼠不知道从哪里钻出来的时候，艾诗诗没什么特别的反应，她还指着老鼠让安达看。既然这样，安达想索性把《V字仇杀队》看完再说，反正卧室、厨房、书房、洗手间的门都是关着的，也不怕它能跑到哪里去。

大概老鼠也不习惯被如此无视，它从客厅的这头跑到那头，比一只猫还活跃，艾诗诗的双眼仍旧落在电视上，顾不上它。老鼠又钻到沙发下面，发出吱吱的叫声，弄出像人磨牙一样的啃啮声。安达不知道沙发下面有什么供老鼠啃，但他相信老鼠不会单纯地磨牙，于是，使劲在沙发上拍打了两下。

也许是害怕，更有可能是兴奋，老鼠噌地一下从沙发下面窜出来，一溜烟跑到电视柜面前，再三下五除二，以刷新安达想象的方式，沿着柜壁爬到了电视柜上。

“这张面具下不只是肉体，这张面具下是一种思想，克里蒂先生，而思想是不怕子弹的。”V的这句话一定对老鼠也具有十足的诱惑力，因为安达看见老鼠先是愣了愣，然后从电视柜边缘以一种称得上如履薄冰的方式，战战兢兢地走到电视前面，站在了电视的左侧。V接下来向克里蒂先生逼了过去，而老鼠则完全如同一个受到惊吓的人，它先是向后退了两步，然后竖起了尾巴。老鼠的尾巴尽管只是细细的一条，仍旧从根部至尖部均匀递减缩小，在灯光和V的面具的映照下，尾巴呈半透明的肉红色。现在那半透明的肉红色细尾正竖着，尖部蜷曲，整体上轻轻摇晃，像是一根不禁风的草。

"啊——"安达来不及去想老鼠尾巴平常是否可能这样，这样又代表什么意思，艾诗诗已经在沙发上发出了爆炸和破碎的恐惧尖叫，她僵直的右手上僵直的食指指着老鼠尾巴，随着它的摆动而移动。艾诗诗的身体，则是被尖叫所引导，所开启，在沙发上抖作一团，完全失去了控制，就像一头老实的耕牛面对一把刀尖已经折断、刀刃上已是一排深深浅浅的口子，但仍然坚定地捅了过来的屠刀。

……

37号读者

姚翔检完票，进了站，从一号线国贸站空荡荡的站厅下到站台。站台上同样空荡荡的，没有一个人影；两侧地铁车道的屏蔽门关闭着，听不到列车进站的声响。看到一切不出所料地按部就班，姚翔平静下来，走到站台中间，在一台地铁电视下面站住。地铁电视上面正在播放一款洗发水的广告，画面的下方分别写着"本次列车3分钟，下次列车8分钟"。

同样不出所料，没多久，姚翔就看见一个男人在不远处露出身影。那个男人也第一时间在空荡荡的站台看到了姚翔，他迟疑了一下，抬起右手挥了挥。姚翔没有回应，他只是看着那个男人走过来，在他面前停下。此前，姚翔始终无法想象章千里究竟是个什么模样，不过眼前这个瘦削的，脸与眼都透出几分憔悴的人，一旦来到面前看清楚，也就觉得，他就应该是这个模样。章千里也打量了姚翔几眼，他的眼中满是惊奇，这惊奇又慢慢转化为满意。姚翔看到一丝笑容浮现在章千里脸上，他的嘴角向上扬了扬。

"姚翔你好，我是章千里。"章千里伸出右手，姚翔也伸出右手，不过他没有握住章千里的手，而是将它往旁边挡了一下。

"咱们还需要来这一套吗?真要握上了，你不会吓一跳?"姚翔语带讥讽，面露嘲笑。

"应该不会吧。接到你的电话我就在想，见面了咱们能说什么，是不是应该握个手，甚至拥抱一下。但我想，你可能会拒绝，看来我果然还是了解你的。"章千里缩回右手，插进裤兜，然后又很不满意似的抽出来，双手交叉着抱在胸前。

"你当然了解我，你比我还了解我，不是吗?"姚翔如同镜像一般，也双手交叉抱在胸前。"你为什么会给我递你的稿子，为什么会给我打电话、发短信?"

"我说了啊，希望得到你的批评、指正，我想把这个修订本做得更好。你有所不知，年轻的时候，我有很多写作计划，也认为自己会一本接一本地写书、出书，以毫不重复的小说，把我周遭的世界呈现出来。可是时间流逝得太快太无情，还没怎么着呢，这一生就已经大半过去，我想写的也就勉强完成了一本《清单》，我愿意一再修改、增补的，也就这么一本书。所以我放下其他念头，索性重拾本书，把它增补、完善。一个人一生能完成一件事就很好，一个作家一辈子能写完、写好一本书，也就算对得起时光。”

“不要说这种抒情、滥情的话。”姚翔阻止了章千里，“我想问你的是，你为什么会想到联系我，这样有意义吗？你不要装作听不懂好吗？好，就算你听不懂，我换一个角度。我问你，为什么要耍这种低幼花招？你明明知道，上一版的《清单》完全毁了，一本都没有流出，为什么还要安排一本给我？不对，不是给我，是给我们37个人。更关键的是，这么一个轻易就能核实的谎言，你为什么要用？”

章千里沉默了一会儿，也许是无言以对，也许是不知道从何说起，他抬头和回头看了看，站台里仍旧没有别的人出现，地铁电视上面正在播放一款洗发水的广告，画面的下方分别写着“本次列车3分钟，下次列车8分钟”。

“你认为我是为了什么呢？我还可以耍什么花招不成？耍花招对我来说有什么意义？”章千里也是一串反问，但是他的语气很虚弱，“作为一个作者，好奇读者究竟怎么看待他的作品，想和读者更深入地交流，这难道也不可以吗？我已经很克制了，我只是悄无声息地、借助偶然因素地把书放进去，就像赠送一份礼物一样，我不想打扰你们的生活。但是能不能请你也理解一下我？你说得没错，上一版所有的书都毁了，我连样子都没有见着。我遵循事物自然发生的顺序与逻辑，毁了也就毁了，说明它们不应该来到这个世界。可毕竟是我一个字一个字地将它想出来，敲出来的，我难道连想象一下读者的反应都不可以吗？”

“你当然可以。你可以用你想要的任何方式，索求、安排我们的反应，比你更粗暴的作者我也想象得出来。你说你很克制，好像很委屈我没有为此向你致谢，如果能够稍微安抚一下你的内心，我愿意向你致谢。可是这并不妨碍我说，你这件事情做得简单、粗暴，纯粹的虚荣心作祟。”

姚翔毫不留情面，他说的话每一句每一个字都像是尖利的刺，一下一下扎在章千里的心里。有那么一会儿，章千里摇摇晃晃，仿佛随时都可能支撑不住，倒在地上，但他还是双手撑在膝盖上，弯腰连着深呼吸几次，缓了过来。

“姚翔，我们能不能不纠缠在这些上面，直接说说这部小说？能不能请你直接告诉我，你觉得小说怎么样？你翻过的原版，你看过的增补版，它们是否有写出来的必要？尤其是这次增补，究竟有没有价值？是纯粹的画蛇添足，还是更趋丰富，更接近应然的面貌？”章千里大口喘着气，问得有点乞怜。

“好吧。既然我的回答你都知道，你还是要问，那就由我来亲口告诉你。这部小说当然有价值，有意义，可是它的价值和意义也仅仅在你起念的一瞬间。你想写一部小说，用拉清单的方式把这个世界清理一遍、整理一遍——有这个念头就够了，就足够伟大了。任何付诸实际的尝试都是不知趣，是面对事物本身自取其辱。如果真的用写小说就能完成这样的目的，还要这个世界做什么？每个人来写一部，来清理、整理一遍不就行了？所以，不管是上一版的《清单》还是这一次的增补版，小说本身都毫无价值，它们只起到一个作用，就是证明你是个妄人，狂妄至极，令人发指又令人怜悯。”姚翔本来是抨击，后来对章千里已经有了怜悯。

“没错，你说得很对。可是所有的写作不都是妄吗？狂妄也好，虚妄也好，写作本身不就是妄执一念，自以为是吗？念头生发的一瞬间当然是重要的，也可以说是最重要的，可是我们是人，不是神，不能凭一个念头，一句话来创世对吗？把念头付诸实现，把构想落实到纸上，这自然是对在那一瞬间所念想的世界的损耗，从起念到完成作品，也必然是对纯粹的大脑中的世界的降格，多层次多等级的降格，可这不正是人的宿命，不也正是写作者的宿命吗？说到底，哪个写作者能够把脑子里生发的念头拿出来，可以把大脑里的世界敞开来，供他人出入、参详呢？写作不就是这种敞开吗？作为人，作为必死的凡人，如果认为只需要念头的生发，以为起念就能逼近伟大，就是完成，这才是最大的妄念吧。这还不仅仅是妄念，这是僭越，对神的虚假想象，然后再凭虚假想象来代替神，取代神的位置。我为什么要用这么拙劣的方式？因为我知道人的有限，无论我用什么方式，只要我想就《清单》有所交流，必然会留下破绽。既然如此，我还有什么必要耗费精力，来把它遮掩得像真实发生的一样呢？我不过是进行一些必要的遮掩，以免你们过于受惊吓而已。”

说完一大串，章千里伸出右手搭在姚翔肩膀上，“姚翔，我希望你能理解，理解我的苦衷，我的善意。”

姚翔缩了缩肩，没有让开章千里的手，举左手推开了它。

“说得真是悲情啊！你的苦衷，你的善意，你作为凡人的卑微，对神的恭顺。可是你搞出来的这一切，你强行进入我们的生活，这些不都是在行神的事吗？暴躁的、任性的神，为所欲为的神。让我搬家我就搬家，让我买房的事告吹就只能告吹——我得提醒你，这件事你推荐的并不符合现实的逻辑——我敢断言，其他人被你打扰的程度不比我轻吧？！你为什么不让我们直接对你的小说说话，要搞出这么多事来？”

“我真不是要从中得到什么不当的乐趣。”章千里不得不再为自己辩解，“我总得遵循基本的逻辑，模拟一种不让你们世界坍塌的真实啊。你看，我为了让一本书出现在你的书架上都已经费尽苦心，我还得在某种程度上变动整个世界的运行方式，微调它的法则，才让你们对这本书产生兴趣。你以为我真的能够随心所欲吗？就算是神，不管哪个神，你有听说过能够随心所欲吗？他不首先也得回应下界的呼告和索求，才能顺势而为吗？”

“好吧，好吧，算你说得有道理，也算你遵循了应该的伦理法则吧。”姚翔的表情放松下来，他看了看仍旧紧闭的屏蔽门，仿佛它们随时可能融化，但是融化后会带来流淌的蜜汁。

“你能不能告诉我，你怎么想到37这个数字的？为什么一定要是37个，其他的数字不行吗？我不相信这完全是随机决定的。”这么问的时候，姚翔基本上已经是笑着的了。

“不是随机的，但也没有太多玄机。”章千里露出了羞涩的表情，“不过是某个我喜欢的作家，他的第一本书只卖出去了37本而已。当然，还可以是12、26，甚至117，它们是我喜欢的其他一些作家第一本书在几年内卖出去的数量，选37，可能是因为不多不少吧，足够引起我的兴趣，又不至于多到让我厌烦。你知道，如果作者对读者和他们的阅读反应感兴趣的话，这个兴趣一定只在极其有限的数量内。”

“好吧，你们真是一群奇怪的生物。”这一次姚翔大笑起来。

“姚翔，”这一次轮到章千里郑重其事了，他的语气严肃得迅速冰冻了姚翔的笑，“姚翔，你能不能告诉我，你是怎么知道自己只是我虚构出来的？如果这样说不礼貌的话，你是怎么知道自己只是被我召唤出来的？”

“这个重要吗？”姚翔反问，他现在饶有兴味地看着章千里，仿佛没有听明白章千里的话，没有意识到自己只是对方虚构的产物。

“当然。这个对任何人来说难道不都是致命的打击吗？自己只是别人的幻念，连承受毁灭的实体都没有！对不起，我一时情急，不是故意要说得这么凶狠。虽然你看起来毫不在意，但是我想知道，其他的36个人是不是也像你一样，意识到了这一点。我想知道，他们意识到了这一点之后，是不是也像你一样这么淡然。”

对章千里的焦虑，姚翔没有说话，他伸出指头竖在唇上，做了个“嘘”的动作，他又指指地铁电视，上面正在播放一款洗发水的广告，画面的下方分别写着“本次列车3分钟，下次列车8分钟”。

章千里莫名其妙但仍旧耐心地陪着姚翔盯着地铁电视，两个人看着洗发水广告切换成一周电影票房回顾，看着3分钟变成2分钟、1分钟，看着8分钟变成7分钟、6分钟。随后，章千里从他正对着的涵洞里看见了黄色的车头灯光，整个站台都响起了车轮撞击轨道的声音，两边的车道都驶出了一辆地铁，进站停靠。章千里能看见地铁车厢里乘客的身影，但是屏蔽门并没有打开，因而也没有一个乘客走出来。

“我本来可以回答你的问题，但是时间有限，我想换一个方式可能更好。”姚翔说，“你有没有想过，你的问题不应该是我们为什么会知道自己只是你虚构的产物，而是我们——对，这里是不折不扣的我们——我们为什么意识到了这一点，还约你来这里？”

“我，我，我是很好奇你，你们为什么能闯进我的生活。这一点对我来说太不可理喻了，也许我是第一个在现实中被他笔下人物打扰的作者吧。但是我怕这个问题太玄妙，直接问出来会损害这个世界的真实性，所以，我才那么问的。”章千里已经激动得有点语无伦次了。

“现实？！你现在还以为我是进入了你的世界吗？”姚翔强烈的嘲

弄语气中流露出了鄙夷，“你刚才也说了，即使是小说，即使是虚构，也有它运行的基本逻辑。想必你也同意，一旦你虚构了我，我的世界就有机会脱离你的意识，按照自身的逻辑运转，对吗？尤其是在你没有写到的地方，你以为我们就会站在原地，如同时间停止一样，等候你的再度调遣吗？你不要插嘴，我知道，我知道，我说的这些都是老调，是常识，散发着腐烂的恶臭。我只是想告诉你，这是我的世界。你不相信吗？难道你就没有发现有什么不对劲的地方？”

姚翔伸出手指，每说到一个地方，就指过去，生怕给章千里的冲击太大，他反应不过来一样。也有可能，他是生怕章千里忽视了什么，受到的冲击不够大。

“你看看这些屏蔽门，你不奇怪吗？一号线的国贸地铁站什么时候有过屏蔽门？难道你忘了，你昨天才在这里换乘去了南礼士路？你看看电视上的广告，不是在一条内容上循环播放吗？你再想想列车到站时间提示，我要求和你一起看之前，它们不是一直不变的吗？你再想想，之前那段时间，是不是毫无地铁列车进站的声响？你再看看，这两列列车进了站，不是仍旧和静止一样，不打开车门，没有人进出？光是这空荡荡的站台，难道就没有让你起疑？”

姚翔伸手制止了章千里张口想说的话，“你是不是觉得我故弄玄虚？没错，我也承认。可是我必须让这一切和你习惯的东西，你刚才所说的现实，区分开来。我要告诉你，这一切都是我创造的，是你，进入了我的世界，我创造的世界。”

“可是，你这么大费周章做什么？你直接告诉我不就行了。”章千里到底还是说出口了，说出口连自己也都觉得太勉强，“确实，口说无凭，没有这些异于我日常生活的细节变化，我很难相信。可是，你这么扭曲现实，尤其是对时间的任意扭曲，真的不会造成灾难吗？就算这是你的世界，一切完全由你创造，可是我真的进来了，哪怕在你的世界，我也并不完全由你控制，对吗？我也必然是这个世界的逻辑无法完全消化的，对吗？我自然有我的冒昧，有我的唐突，可是我们以这样的方式见面，这一切将如何收场？这个世界将如何收场？”

姚翔静了下来，他沉静地看着章千里，微风一样的表情都没有。

“你不还想听我对你小说的看法吗？我现在告诉你，我自己的想法，不是你设置在我脑子里的。你在一部小说里面，同时进行同名者和异名者的游戏只会显得啰嗦、繁琐，那些叫安达的人，他们以不同的身份享用同一个名字，可他们真的就不是同一个人吗？那些不管是叫郭阳、蔡霞、周玉梅、黎芝、叶咏珊、陶乐思，还是其他名字的女人，两百来个女人，真是难为你了，取了这么多的名字，甚至不让她们姓氏相同，可这样她们就是同一个人了吗？你不觉得你的同名者游戏、异名者游戏都玩得太小儿科了吗？如果你真的想要给世界拉清单，如果你的愿望真的想要通过《清单》这部小说来实现，我告诉你，你的清单上面最多只列了两个条目，这两个条目还是互为镜像。所以严格说起来，你的单子上只有一个条目。不管是一个还是两个，比起这个世界，比起你的雄心，不都太过贫瘠了吗？”

说到这里，姚翔拍了拍手，两列地铁的车门以及与车门相对应的屏蔽门全都打开了，从车上下来的人远远超过了车厢可能装下的人。这些刚刚走出地铁的人，全部沉默着，迈着无声的步子，像被光源吸引的飞蛾一样，向姚翔和章千里站立的地方走来。一阵强烈的恐慌涌上章千里的心头，这些人会把他撕碎吗？这种恐慌随着他投向众人面孔的目光而加剧，他不解地几乎是求助地把目光从众人的面孔上拔出来，看了看姚翔。

“你看得没错。人虽然多，但是只有36张面孔，因为他们是另外36个读者的复制品。很抱歉，我并没有办法找到你设想的另外36个读者，专为你存在的36个读者，他们和我一样，只存在于一个互不辖属的区域，无底的牢狱。也许，为了增加乐趣，你会把其中几个人关在一个牢狱里，可本质是一样的。这正是我最痛恨你的地方，你创造了我们，又让我们孤独自处，自生自灭。所以，我只能依据我的原则，想象出了另外36个读者，然后用他们复制了这个场面所需要的乘客、观众、反转的压迫者。”姚翔这番话说得并没有想象中那么痛快，他的脸反而因为痛苦而扭曲，他的声音也第一次发颤。

那些围上来的人已经走到很近了，他们只在姚翔和章千里周围留出了半径不超过一肘的空间。他们逼迫的面孔几乎就要贴在章千里眼前，他们悄无声息的呼吸让他如坠冰窟。

“你刚才问我，这一切如何收场，这个世界如何收场。我现在告诉你，这一切不需要你操心。我会带着他们离开，而你，就留在这里吧。想想你的小说，想想为什么你的条目只有实词吧。”

姚翔说着，抬起手腕看了看表，“我对这个车站随心所欲太久了，我不能停留太久。我们必须离开了，再见。”

说完，姚翔再度拍了拍手，那些围在周围的人，那些他称之为“乘客、观众、反转的压迫者”，他们和来的时候一样，转身分别上了两趟列车。然后，没有任何提示，两辆地铁冲着相反的方向，疾驰而去。

紧接着，站台上悬挂的地铁电视没了信号，站台里所有的灯也一下熄灭。

留给章千里的，只有黑暗。黑暗从站台两侧向他涌来。

现实顾问

5

“您好，我是现实顾问，工号5501010—2105，请问有什么可以帮您？喂，您好，您好？女士，请问什么事情让您这么难过，有什么我可以帮您吗？对不起，我没明白您的意思。您姐姐是失踪了吗？如果是，建议您报警，在警方需要的时候，我们公司会也一定会提供协助。警方怎么说？对不起，您是说屏障吗？哦哦哦，我明白了。警方确定您姐姐还在人世，是，还在您居住的城市，她只是换了份工作，搬了家，屏蔽了您，并且设置了面对您的隐私保护，使您再也见不到她，连问她为什么这么对您都没机会，对吗？

“怎么说呢，女士，这样的事情不说普遍，至少也不鲜见。我们公司的宗旨就是服务顾客的现实，在不相互侵害的前提下，让所有人活得更加称心如意。往大了说，每个人都可以挑选他喜欢、适应的现实，往小了说，至少也可以保证，每个人都可以离他不喜欢的现实远一点，不用必须面对他不想见到的人、事、物。对不起，我没有别的意思，只是描述一下公司向顾客提供的服务。拿您和您姐姐来说，当她不愿意见您，不愿意和您面对面——我们相信这绝对是暂时的——她就可以启动现实屏蔽，对您只有雾状呈现，并将自己混入其他因为各种原因选择雾状呈现的人之中，让您无从分辨，你们互相听不见对方在说什么，也看不见对方在做什么。对不起，女士，请您消消气，请相信，我们公司不是在人为制造矛盾，我们只是保护顾客的现实权益。与您所想的相反，我们提供的这一服务，恰恰是将隐藏的淤积成内伤的矛盾挑明，让它有被消除、缓解的机会。恕我冒昧地问一句：在此之前，你们姐妹之间有没有隔阂？或者说，你们姐妹感情怎么样？噢，是双胞胎啊，那感情一定很好。你们小的时候，父母给你们选择的现实呈现，一定完全一样，呈现线条的大小、长短、构图和颜色都相似得像是复制的，对吗？这不难猜。几乎所有拥有双胞胎儿女的父母都喜欢这样，他们享受朋友与外界惊奇的目光，有的父母是一时兴起，偶尔这样设置一次，有的父母则是任性到底，一直到孩子长到十八岁，对自己的现实呈现可以自主时，才罢手。同吃、同住、一起上学、一起长大，没错没错，是这样，很多双胞胎都是这样。您这么说我们就更放心了，证明我刚才断定'这一切都是暂时的'不会有错，你们姐妹一定会重归于好的。

"话说回来，女士，这样的话，您多半要感谢这次的变故。您想想，如果不是姐姐这样做，也许您永远都不会知道，她已经对现状产生了不一样的想法，对吗？那样一来，你们可能仍旧亲密无间地，如同一个人一样地生活，但是您想想，那对她多么不公平，她要忍受内心的伤痛、愤恨——对不起，我可能夸张了一点，就说她心里的不舒坦吧，她要忍受着这些，继续和您亲切友爱，这对她至少也是双重的伤害了。好的，女士，很高兴您能冷静下来。我们虽然不是专业学心理学的，但毕竟接受过这方面的培训，又做了好几年的现实顾问，面对过成千上万种不同顾客的现实烦恼，所以，也许我能够为您提供一些小小的参考意见。哦，需要补充一句，所有顾客的现实烦恼，我们沟通的全部内容，公司都会录存备查，但是这些内容都是最高密级的档案，公司只有启动监督机制之后，才能够由专人查看。我们也受过严格的保护顾客隐私训练，所以请您放心，咱们交谈的内容，绝不会泄露出去。谢谢，这是您对我们的信任，我们要做的就是不辜负您的信任。好的，让我们回到刚才的话题，哪怕我们现有的经验不能帮助您解决问题，至少我们也可以倾听，也可以和您一起，寻找通往问题解决的蛛丝马迹。您能简单说一下，你们姐妹二人的成长过程吗？尤其是你们之间出现不同的时段。是吗？整个高中三年都没有在一个班吗？这两个班相互间有什么不一样？噢，这样啊，真有意思。当你们互换身份，以对方的名字、形象出现在对方的课堂上，老师和同学都没有发现吗？虽说很多双胞胎很像，但是他们的言行举止，对同一个人的心理感受、距离总是有差异，因此难以做到完全一样。明白了。可你们平常练习模仿对方时，真的不会出现幻觉，认为自己只是在对着镜子表演吗？

“对不起，女士，我不是这个意思，我当然相信。请原谅，我没有兄弟姐妹，没法完全体会您说的这份乐趣，不过我大体能够想象。谢谢您的大度。我想问一下，对于这种互相扮演，把两个人的生活过成一个模样，你们有没有那么一个哪怕最短暂的时刻，感到厌倦或者别扭？是吗？她说的是没必要有，还是不想有？那是什么时候？她在你们生日聚会结束的时候，说这样的话，有没有什么现实的刺激？等一等，我差点忘了，那是你们十八岁的生日，也是从那一天开始，你们可以完全自主地使用超现实眼镜，享受它提供的现实服务，您姐姐说她没必要有自己的现实呈现，是否意味着从那天起，你俩一直都在共用您的现实，准确地说，她是一直在复制您的现实形象吗？

“我明白了，女士，您这是一个经典的案例，在两个人之间，一方对另一方产生了完全的依赖，他的生活、思想、个性完全在对方身上消解，他丧失了自己。我必须说，问题还挺严重的，因为大多数类似情况下，丧失自己的那一方都不会觉醒，如果他觉醒，将面临着重建自我和重新开始生活的困境。好在您姐姐主动走出了最决定性的一步，挣脱了您的生活——女士，我建议您，在此期间，什么都不要做，不要刻意去找她，给她段时间，等她缓过来，一定会回来找你们的。是，这有点残忍，但是从法律层面，从公司的角度，这也是您唯一可以做的。就给她一些时间，好吗？想必她同样屏蔽了令尊和令堂，对吗？尽管如此，还是请他们留意，如果您姐姐缓过来，可能会最先找到他们。好的，女士，不知道这样能不能让您心里踏实一点？是这样的，即使有了我们公司，即使有了超现实眼镜，即使它融生物技术、分子技术、芯片技术和纳米技术于一体，可以塑造我们的现实，每个人仍旧要面临他的烦恼和困境，除非您重新设置，将这件事完全从您的现实清除，但那样毕竟过于回避问题了，对吗？不过，公司总算能够帮助我们找到原因，至少也让我们离原因更近，不是吗？那先这样。谢谢您的垂询。

“什么？对不起，我不明白您的意思。您怀疑自己是姐姐？抱歉，女士。您是想说，您和您姐姐与绝大多数双胞胎一样，都怀疑过先出生的究竟是谁，甚至在你们小的时候，由于父母的粗心，而混淆了你们的角色，导致您本来是姐姐反而成了妹妹吗？那您的意思是什么？您就是那个姐姐？！对不起女士，我们的职责是帮助顾客解决他们在使用超现实眼镜过程中遇到的问题，顾客遇到的其他一切和现实有关的问题，我们也会尽可能帮助解决，但您刚才说的这番话我不明白，如果我理解得没错的话，它已经不属于现实问题了，您可能需要去医院或者警察局之类的地方。不不不，对不起女士，您别生气，如果我的理解有误，那我向您道歉。但还请告诉我，您突然说自己就是刚才一直被我们提到的姐姐，是您搬了家、换了工作、屏蔽了妹妹和父母，那刚才和我通话的那个人又是谁？那是真实存在的妹妹吗？还是只是您想象中的妹妹？还是真像您说的一样，您身上既有姐姐又有妹妹，你们把两个人的生活过成了一个人的？喂，喂喂喂？……女士？女士？”

5

现实界面散发出柔和的青草绿，提示唐山：可以下班了。唐山看看时间，下班时间已经过了十三分钟。他有点懊恼、不甘地退出操作平台，靠在椅背上，接受今天的眼镜湿润保护。要是那个女人授权他可以查看她的现实就好了，至少他也不会产生被戏耍的感觉。她会出事吗？听她的语气多半不会。唉，想这些也没有用，真出意外再说，至少现实界面可以预警。唐山摇摇头，他至少能够确定晚饭吃点什么。他不想在外面解决。那就回家随便做点什么吧，面条、饺子或者粥。嗯，或者，他可以在界面的美食平台购买那个垂涎已久的淮南豆腐宴套餐，就着丰盛得过分的现实呈现，把粥和小菜干掉。不过，那也得三百块现实币呢！唐山再次摇了摇头，收拾了一下平台，站了起来。

但是孙燕来在呼叫他，让他去一趟。

穿过由堆积的线条呈现的办公室，和正要下班或者碰巧看过来的同事们打过招呼——又有几个人变换了面貌，真不知道这些傻瓜为什么要把钱浪费在办公室，不过他没有兴趣去校验他们的现实编号，确定谁是谁。根据办公桌的位置，根据那些人的习惯表情与动作，他基本就知道谁是谁——唐山走进孙燕来的办公室。在一堆线条构成的办公桌后面，坐着马男波杰克，尽管那神态分明就是孙燕来，唐山还是校验了他的现实编号。

“没劲了，没劲了。你什么时候能不这么谨慎？这明明就是我嘛！还校验个什么劲？”孙燕来一脸的丧气，模仿波杰克的。

“那不行，我哪儿知道您找我来是什么事啊？要是公事，我不得先确定您就是我的大领导，孙燕来高级副总裁啊！再说，您整天在办公室玩儿变身，也玩儿得太嗨了吧！”说着话，唐山上前，把办公桌前的椅子往外拉了拉，坐下。他掏出烟来，递给孙燕来一只，自己先点上。

孙燕来看看烟，在桌上顿顿，放在鼻子上闻闻。“你小子抽得起这么好的烟？只是障眼法，这么呈现的吧？”

“您可以验证嘛。”唐山伸过火机，打着火。

孙燕来凑上来点着烟，吸一口，手指还在唐山手背上点点。这是孙燕来的周到，嘻嘻哈哈归嘻嘻哈哈，在细节上，他绝不让别人不舒服，尤其是自己的下属。一口烟入肚，再呼出，波杰克一脸的生无可恋，夹着烟的右手嫌弃地往前一伸，搁在桌子上。显然，他明白这烟的品牌确实只是呈现出来的了。

“咳——”孙燕来没有再说烟的事，他咳嗽一声，又抽了一口，“唐山，最近怎么样？工作啊，生活啊，各方面情况。有一段时间没有和你坐下来聊聊了，你还和小若在一起吧？也该把婚结了，稳定下来。”

“结什么婚啊！”唐山默默地抽了两口，吐出一根直线的烟来，“去年就分手了。就我现在这条件，结婚也是坑人家。虽然在一起的两年，已经坑了，但分开对她来说，好歹也算是止损。工作嘛，还那样，每天接进来不同的人，基本还是那些情况。不过，下班前接到一位顾客的咨询，怀疑她已经现实认知障碍。我明天整理一份报告给您，如果对推动公司早日建成现实坐标起到临门一脚的作用就好了。省得今后再接到这样情况不明的咨询，瘆得慌。”

“好。报告不着急，如果现实坐标这么容易推动，也就不需要我们反复动议了。我靠，太意外了，当初看你俩那个黏糊劲，还觉得没有什么能拆散你们呢。”孙燕来看唐山并不准备接话，就在烟灰缸上掸掉烟灰，转换了一下语气，“不说这些了。还记得面试那天吗？你简直就是一只人畜无害的菜鸟！”

“谁让您那么刁难我呢？”不说私事，唐山也轻松了一些。面试的时候，孙燕来确实没少为难他，但他当时就知道，那为难里有着欣赏，并不是为了阻拦而刁难。进了公司，他也发现别人有意无意会把他当作孙燕来的亲信。不过，有时候这也让他困惑，他不知道自己因为什么被孙燕来看重，工作五年来，业绩虽然也算出色，可也绝对谈不上出类拔萃。

“不刁难，你能成长得这么快？”波杰克仰首长嘶，忽然间，切换成了一张喜兴的猩猩面孔。见唐山瞬间被逗乐，猩猩面孔又变成了一张木木怔怔的中年男人脸。“说正经的，唐山，你的表现我一直看在眼里。你这个人吧，能力和责任心都不错，就是少了那么一点，说野心也好，说进取心也行。归根到底，对自己的职业规划不明确。你有没有想过，五年后，十年后，自己会是什么样？会在公司做到什么职位？总不能一直都当个答疑解惑的现实顾问吧？”

“现实顾问没什么不好啊。”唐山随口回了一句，忽然感到气氛有点凝重，抬起头来，对面那个中年男人正瞪着自己，目光冷得有点像冰，他不由自主地坐直了。“不瞒您说，我还真没有什么特别清晰的规划，以前想着能多挣点钱，让小若生活得更好一些，让我妈妈晚年幸福一些，就够了。现在……至少，至少得让我妈妈活得开心一些吧。”

“你和你妈还是那样？”依旧是那副中年男人的面孔，但突然从正事切换到私事，语气又这么关怀备至，唐山还真有点不知道怎么应对。大概也是感到了唐山的不自在，孙燕来又咳嗽了一下，让自己的语气更加自然，“唐山，虽然我不知道你和你妈之间究竟发生过什么，但是你们总现在这个样子不行啊。母子之间，哪儿能不见面呢？有什么话，有什么事，都可以摊开来说。很多时候，不是需要专门去做什么，才能解开心结。只需要说，说出各自的想法、顾虑，甚至是自己在意、介意的部分，就可以了。亲人嘛，还有什么解不开的呢？”

唐山在椅子上动了动，低下头。很多次，他都想看着妈妈，目不转睛地看着她，不停歇不磕磕绊绊地说个够，把能说的不能说的，只要是想说的，都一股脑儿说给她听——这样说完，他就能像刚出生的孩子那样，毫无保留毫不掩饰地面对妈妈了。但每一次，目光还没有上移到妈妈的下巴，甚至只是扫到她的一只手，就忙不迭地闪开了。嘴里，也都是嗫嚅着吐出一个“妈”，咽下另一个“妈”，就干涩得什么都说不出来了。

想到这里，想到这些，唐山苦笑了一下，抬起头来，切换出一脸轻松。“您找我来不是为了谈心吧？有什么话直说嘛，干吗搞得这么亲切温馨？”

他又递过一支烟去，孙燕来盯着他好一会儿，接过去，也接受了他点火，仍旧在他手背上点了点。

“好，唐山，那我们回到眼前。实话跟你说，在公司里，五年到八年是一个坎，上去了就意味着进入晋升通道，不出大错，后续的升职加薪都会按部就班来，上不去就基本在原地待着，一直做你的现实顾问了。当然，话也不能说死，有熬了二十年不知道怎么回事又上去了的，可是你不想这样吧？好，不想就好。”孙燕来在烟灰缸里掐灭吸了两口的烟，“公司最近准备扩充一些新鲜的后备力量，主要就从现实顾问里面选拔。一个，是直接升为专属顾问，只负责为少数或者一两位顾客提供专属现实服务。专属顾问工作轻松，报酬丰厚，甚至能够得到顾客的额外奖励，不过呢，基本上就被纳入服务序列，天花板明显。另一个，是外派到地方，协助分公司工作，挑战大一些，还有不确定因素，不过更容易得到锻炼，做出业绩来就是今后发展的稳固基石。你怎么选？”

“嗯——”唐山不是犹豫，而是好奇，“分公司究竟什么性质？在公司几年，偶尔会听人提起，但总是语焉不详。如果和总部做的事情一样，在这栋大楼不就能实现、解决吗？”

“你呀，真是在公司久了，明明是现实顾问，却丧失了现实感。”孙燕来笑着指了指唐山，“不过，这也是普遍现象，不只是现实顾问，公司的大多数员工都这样。我问你，公司立足与发展的根基是什么？”

“当然是人们的现实需求。大家不再满足所见所闻所知所感，想要见到、置身于不一样的现实，时间、空间的限制都被突破，各种可能都被带到面前，你可以参与其中，甚至主导一切。‘一切皆现实’，这是公司的广告语，更是咱们的根基、宗旨与目的。”唐山说着，忽然又有了当年面试的感觉。

“你说得没错。”孙燕来点点头，语气却并无多少赞许，“但需求只是需求，它预示了可能，并不提供保证。不过现在并不是面试，没有必要兜圈子。公司之所以发展到今天，起决定作用的，是《知识产权法》与《隐私保护法》代表的意识，每个人自我保护、防备他人的意识，每个人都追求自己想要的现实的意识。这些意识才是公司立足、发展的根基，因为它推动了立法，通过法律规定，除非得到允许，除非从国家层面征用，个人拥有与其相关的现实的决定权。因此，每个人都可以遮蔽自己的现实，也可以向别人呈现自己想要呈现的现实，以收取相应的费用。与此同时，别人可以屏蔽他的呈现，或者让他仅仅以系统默认的几种形象呈现，而无需付费。但如果要看到他呈现的现实，就需要付费，如果要将他的呈现修改成自己想要的那样，还需要再付费。公司成立的初衷，仅仅是充当现实中介，将每一个具体的现实折算成可以计量的现实币，让大家彼此呈现变得可能。在此基础上，公司才发现、引导了人们的现实需求，发展成今天的规模。"

孙燕来这番话揭示了唐山日用而不知的道理，他顿时觉得眼前世界的结构清晰起来。

"您是说，这个根基并不算稳，需要分公司来夯实吗？"唐山试探着问。

这次孙燕来有几分赞许地点了点头，"没错。总有质疑的声音，认为对知识产权与隐私权的保护已经过度，阻碍了社会的整体发展与进步。光有声音不算什么，重点是，总有些区域，因为当时的条件不合适、成本与收益不成比例、权益持有人反对等原因，没有纳入公司的范围，成了一个一个的现实孤岛，成了公司业务版图上的飞地。这些孤岛与飞地的现实裸露在外，供人自由观看，随意出入。其危害，首先是导致公司的版图无法完整，不能进行更高阶的整合与升级，更致命的是，它留下了反思、反对的线索，也提供了人们开辟其他合作方式的试验田。而分公司要做的，就是找出那些现实孤岛的持有人如此做的原因，解决阻止持有人与公司合作的障碍，最终把这些现实孤岛并入公司的版图，使它们成为可以供公司描画、使用的原始现实。以前，分公司还需要和地方政府、企事业单位、学校医院等机构合作，推广咱们的眼镜，扩大公司的业务。现在随着没有配戴眼镜，没有接入公司平台的人越来越少，而且那些越来越少的人能够产生的现实收益与消费也微不足道，这一块已经基本上不再是分公司的关注点。也许，再过些年，分公司真的会如你所说，毫无存在的必要，完全撤销。但在此之前，分公司仍会持续为公司创造效益、输送骨干。”

唐山没有说话。此前他就知道，还有一些没有纳入公司版图、没有被公司覆盖的现实，但久处公司规划并依据个人喜好调节的现实，他的感官已经对那些纯自然的现实失忆了。因此，对唐山而言，孙燕来此刻提供的，不只是工作变动的选择，也不只是职业上升的阶梯，更是把他带到一扇因为关闭的时间过久，而如同从未开启的大门前。他有能力推开这扇门吗？真的推开，走进去，他又打算得到什么呢？

“不过，不需要马上做决定。你还有时间仔细考虑，尤其是想想自己究竟想做什么，想要什么。现在，有一项更急迫、简单的工作，准备派你去一趟。”孙燕来伸手要了一支烟，但没有点上。

“没有被公司覆盖的区域里，有个地方你应该很熟悉，那就是白条湖，距你老家好像也就几十公里吧？套用一句话，被公司覆盖的原因都是相似的，没有被公司覆盖的原因则各有各的不同。白条湖没有被覆盖，原因很简单，权益人不同意。麻烦的是，权益人的承包合同当初一次性签订了六十年，还有三十多年才能到期。合同还约定，到期后，原承包者或者其继承人，有相当大的优势获得继续承包权。承包人老周不同意和公司合作，让整个白条湖区域被咱们覆盖，供公司进行整体的现实统筹。根据之前分公司人员的沟通，老周这么做没别的理由，他就是想白条湖是什么样就让大家看到什么样。这么原始的现实，产生的利润当然很低，不过合同规定的承包费用、湖区的维护费用、老周的个人开支，各项加在一起都不高，换句话说，老周并没有感受到足够的压力，迫使他必须和公司合作。”孙燕来说话时，右手比比画画，食指和中指夹着的那支烟也随之划动，如同微型指挥棒。

“您刚才提到他的继承人，也就是说，老周是有家人的，有没有可能从他家人入手？年轻人是很难抵挡咱们公司的现实诱惑的。普通的不行，咱们就为他/她定制现实，按需设置。”唐山趁孙燕来停下，将他手里的指挥棒点燃。

孙燕来仍旧没忘在唐山的手指上点一点，他使劲抽了一口，脸上浮现出抑制不住的兴奋—不知道是真的兴奋，还是呈现出来的。

“你说得很对，分公司的人也是这么想的，他们还和老周的儿子，对，叫周兴，接触过。据报告，周兴的态度捉摸不定，他似乎有兴趣和公司合作，但又似乎对公司抱有敌意，很让人头疼。不过，分公司也发现了一些情况——”孙燕来停下来，又猛抽了一口，“他们怀疑，周兴在做盗版现实的生意。如果真是这样，那这一切就很好解释，也好解决了。轻者，可以据此要求老周和公司合作；重者，可以通过当地警方查封白条湖的经营，进而推动地方政府，通过法律途径，解除老周的承包合同。”

“那公司需要我去做什么，寻找周兴盗版现实的证据吗？”

“不需要这么直接。你先去看看，有个基本的判断，然后再和分公司的人协商具体怎么做。毕竟，这家分公司目前没有做过现实顾问的人，他们的判断可能偏差很大。还有，你是协助分公司，你们互不隶属，你直接向我报告。”

○

周兴下了床，走到屋外的时候，天色还是蒙蒙亮。东方一抹浅白，天上还隐约可见残月与可数的几颗明亮的星，湖水拍打湖岸的声音仍旧濡湿、克制，带着催眠的节奏。各种虫子没有歇息，还在奏鸣，早起的鸟儿已经在空中翩跹而过，或者落在草丛、枝头，以尖利的喙寻觅、啄食，偶尔还用上爪子。他深呼吸一口，潮湿、新鲜的空气顺着鼻腔进入体内，在肺腑间稍做盘桓，将微凉在身上扩散，让他精神一振，彻底清醒过来。随后，就闻到了空气中淡淡的腥气，比晚上弱了很多，竟然有一点可回味的甘甜。

从房子这边出发，往码头去有几百米湖堤，这是周兴最喜欢的一段路。尽管走了不知道多少回，可每一次他都放慢脚步，一路走一路探看。每一次，他都会惊讶水面如此寥廓，感慨水波永不停止的进退、跳荡。湖面上笼罩着淡淡的雾气，但仍旧看得到稀稀拉拉的船帆，看得到在船头、船尾撒网或垂钓的影影绰绰的身影，听得到或远或近传来的清亮的渔歌。

到了码头，快艇还系在昨天离开的地方，周兴跳下去，坐好、启动，随着一串在清晨显得过于响亮的马达声，快艇向前驶去。艇身犁开水面，波浪像布匹一样裂在两旁，晨光中映照出略微诡异的灰白色，不时有水珠溅起，洒在周兴的身上、脸上。尽管如此，周兴仍觉得湖面格外悠远，听到的声音也格外多，仿佛快艇和它的声响是放大器，把远远近近的水虫水鸟声、渔歌声、呼喊声都招了过来，还有些鱼，不知道是因为晨光而兴奋还是被快艇惊扰，跃出水面或者互相追逐，发出了清冷的鳍与尾拨动水的声音。

往前开了快一个小时，天光完全放亮，东方也逐渐露出由下向上的烧红，那红并不耀眼，更不可怖，而是柔和地镀了一层微光似的，让人欣悦。那个小黑点也适时出现在远方，望过去，它恰好在周兴与东红那片火红之间。“这倒好，迎着太阳去了。”周兴说出了口，不过这声音没在湖面上留下丝毫痕迹，就仿佛那个黑点随着那片火红的加深，而消失在视野里。周兴不管这些，他只管朝着太阳的方向而去。

当太阳露出小半块羞怯的毫无力量的红时，周兴已经开到那个小黑点面前。那不再是一个小小的随时可能消失的点，而是一艘船，上下两层，船尾安放着一个泛着银光的大型信号接收器。周兴将快艇停靠在船的一侧，抓住垂下的绳梯，爬到一楼，然后从甲板绕到另一边，沿舷梯上到二楼的船尾。他没有直接去船舱，而是站立了一会儿，等着太阳完全从水面浮出来，褪去湿润的红光，露出赤白的里子，将赤白的光和无可抵御的热量抛过来，铺在水面上、甲板上，铺到他的脚下、脸上和身上，他才转身拍了拍信号接收器的架子，向船舱走去。

船舱和昨天他离开时差不多，各种高低不同的仪器、粗细不一的管线成堆成团地码放，互相连接着。本来不大的空间，被弄得井井有条，又有着迷宫般的缠绕、回旋气质。周兴按照游戏规则，在迷宫间斟酌、进退，花了一点点时间，破解了不多的变动，顺利走到尽头。那儿是一张行军床，棕垫上合衣躺着那个瘦长的身躯。周兴正犹豫着要不要叫醒他，小邱就睁开了眼睛。小邱睡意未去，有点木愣愣地盯着周兴看了一会儿，才一咕噜坐起来，双手在脸上一阵揉搓。

“周哥，来啦。”说完，他又不好意思地挠挠头，“你先坐着，我去抹把脸。”

小邱匆匆从迷宫上跨过去，走出船舱。不一会儿，船尾传来水桶扔进湖里的声音，然后是抹脸的声音，然后是长久的静默。周兴当然知道小邱在做什么，虽然他也很想听到小邱的说明，但也不急在这一时。又过了一会儿，小邱走了进来，他的脸和头发都显得干净利落，不过脸上的神色有一点沮丧，周兴大致猜到了结果。

“又熬了个通宵？”周兴先岔开了话题。

“那倒也没有，三点多睡的。不过压根儿没有睡踏实，全是乱七八糟的梦，闹哄哄地扯挤成一团，更替得特别迅速。一会儿是风平浪静，一会儿是风大浪急。出海、救急、官船、海盗……轮流上阵，快在梦里演上大片了。我是不是太日有所思，夜有所梦了？白天干的那点儿事，全在梦里走马灯放送了。”

“睡觉前做的事本来就很容易带到梦里去，尤其是强刺激性的。”周兴说着，好奇心起，“你选的什么现实？怎么元素这么多？”

“两个现实：一是跟着郑和下西洋，一是跟着郑寡妇做那波浪中来去，不要本钱的买卖。嚯，周哥，你别说，这超级现实公司够时髦的，那郑寡妇虽然不至于一身比基尼吧，但那模样，那身条，那一身短打扮，真是够惹人的。难怪当时有那么多人供她驱策，为她卖命。”

“瞧你那点出息！你没有做出什么不合适的事来吧？”

“没有，这点忍耐力我还是有的。再说了，我进入的本来就是系统配置的一艘海盗船，不过是借船长的眼过一番干瘾，真要操控他做点什么，也没那么容易。”

“那倒也是。有没有发现什么不一样的？”

“还真有。我侵入系统的时候，耗时比原来长了不少，我留意了一下，足足花了五分钟才进去。这还不算什么，游历的过程中，有两次界面都出现了延时，最后干脆将我赶了出来。这也是我为什么会从郑寡妇那边切换到郑和那儿的原因，等到郑和那边也将我赶出来之后，我确实失去了兴趣。要不然，说不定又会熬一个通宵。”

小邱发现的这两个情况代表什么？周兴陷入沉思。耗时长应该问题不大，系统运行速度降低、船上的信号不稳定，都可能导致这一情况。两次在游历进行中经历延时，最终被赶出来，这会是什么原因？如果系统捕捉到小邱的入侵，应该很容易锁定他的现实编号，虽然这个编号也是从别的用户那儿“借用”过来的，但至少不至于换个游历现实又能进入，毕竟周兴告诫过小邱，一次只用一个现实编号，一旦察觉被锁定就要迅速退出，绝不留下任何可能的纰漏。也许还有一个原因，那就是整个系统在升级或者游历现实在升级，周兴听说过升级前后给用户带来的不便，但基本上都在现实体验方面，没听说系统运行上也有。不过这也没什么，找时间确定一下那个时间段是否有系统或游历现实的升级就行，眼下，还有别的更重要的事。

想到这儿，周兴一抬头，发现小邱正疑惑地盯着自己，忙宽慰道：“没事，没事。我猜是升级或者什么原因，这两天咱们确定一下，你记得把痕迹擦除干净就行了。咱们说正事，你刚才在外面感觉怎么样？”

“对，差点把这事给忘了。”小邱想了想，“感觉有点怪怪的，我也说不清具体怪在什么地方，湖还是这座湖，水还是这些水，船也还是咱们脚下的这艘船，但是总觉得哪里不一样，和前几次差不多。嗯，我再想想，是了，从那个系统回来之后，总感觉身边的这些东西不完全真实，不能说是假的，就像——就像上面涂了一层透明的无限薄的保护膜，丝毫不影响触碰与观看，甚至还更加牢固，但你就是知道，和它们隔了一层，没有完全零距离的接触。”

“小邱，你说得太贴切了！我也始终有种怪怪的感觉，被你一语道破。摘下眼镜，脱离公司给定的现实，这种感觉会慢慢消失，不过，随着进入的次数越多，在里面待的时间越久，这种感觉持续的时间也越长。但我也在想，会不会是我们先入为主了？毕竟这种感觉没有实际证据的支持，我也从来没看到有人说起过它。会不会也和我们的设备、我们侵入的方式有关？总之，我们目前得到的结果无法加以普遍地证实，更无法断定超级现实公司明明知道，却隐瞒遮掩，损害使用者权益。”无数种可能在周兴脑子里闪动，让他言辞很是审慎。

“周哥，你把这个公司想得太好了吧？你看他们的服务与收费越来越精细，打定主意要把使用者终生拴在系统上，成为他们的奴隶。”

“不，我不会把任何公司往好了想，只是要想想他们的逻辑。用‘奴隶’一词可能偏激了，但至少事实上，超级现实公司是希望所有用户一旦加入就终生使用的，而且他们也希望能把整个世界都纳入公司的版图，所以才着急要把白条湖并过去。正因为如此，他们不太可能允许如此明显的纰漏存在，这会是个巨大的隐患。嗯——咱们要抽空继续验证，看看出入系统会带来什么影响，看看沉浸于公司提供的完美现实后，咱们置身其中的现实会变成什么模样。次数要更多，记录要更详细，哪怕是完全主观的感受，也记录下来。”

“好。可是我不明白，明明周叔和你都决定不与超级现实公司合作，不把白条湖交到他们手里，变成他们使用、涂抹的原始材料，为什么还花这么大心思做这些事？”

“是啊，为什么要操心这个呢？！”周兴反问了自己一句，站起来往舱外走，小邱跟着他来到外面。两个人默默地看着浩渺的水面，这时太阳已经洒下它全部的烈怒，湖面上每一片水波都甩出刺眼的光。周兴伸出手来，在面前挥了一圈，像是要抚摸这些水波，又像是在抵挡它们甩出的光。

“白条湖有今天的样子，我爸花费了巨大的心血、精力。”周兴说着，掉头看着小邱，“小邱，你可能不相信，我对白条湖的未来比较悲观，我觉得超级现实公司迟早会整合全世界为其所用，就算我爸有合同在手，有法律作后盾，白条湖恐怕也保不住。绝对不要低估这种公司的能量，他们为了目的可以使用任何手段的冷酷程度，也远远超乎咱们的想象。我可以和公司耗下去，斗下去，可要是让我爸下半生的精力都花在这上面，就要想想值不值了，不管怎么样，他过得开心对我来说才重要。”

“周哥，我没明白你的意思，你是说，要把白条湖交给超级现实公司吗？”与其说小邱不明白，不如说他不敢相信。

周兴拍拍小邱的肩膀，“没那么简单。我不是说了嘛，我爸过得高兴最重要。如果白条湖在公司的运作下，给所有人提供了不一样的感受，就比如你昨天晚上，这片湖可以变成郑和七次来回的西洋，也可以变成郑寡妇风浪里出没的战场——如果在这些公司描画出来的现实之外，白条湖还随时成为它本来的可以供人无间出入的现实，那至少对我爸也算是个交待，也可以算他做出的更大贡献。可一旦纳入公司的版图，白条湖就失去了本来的面目，那就是毁了他前半生的心血和精力，我绝对不会同意。”

“周哥，我还是不明白——”小邱不好意思地挠了挠头，这次是真的不明白，“就算白条湖纳入超级现实公司的版图，被描画成每个人面前不一样的现实，但它本来的样子始终在这儿，怎么会失去呢？”

周兴乐了，“小邱，你问了一个高深的问题。如果所有人看到、感觉到的白条湖是另一个样子，那它还是本来的样子吗？它还有本来的样子吗？”

周兴的手机响起，打断了两个人继续探讨高深的问题，是周兴他爸的电话。

“周兴，刚才那个什么分公司的什么柳经理又给我打电话，又问咱们愿不愿意和他们合作。哎呀，他们真是苍蝇一样，烦都烦死人。”

周兴扬扬手机，冲着也听到了的小邱一乐，“爸，我不是说了嘛，你要有兴趣或者闲得无聊，就接她的电话，只当有个人陪你说说话，解解闷。你要是不想搭理她，不接就是，不要管她说什么。实在不行，让她找我。”

“我是得让她找你，这么纠缠我可受不了。”电话那边停了一会儿，不知道是因为心烦还是什么，“不过现在不是要和你说这事，你去一趟南岸，把你孟叔接过来，让他过来住几天，我想和他喝喝酒，聊聊天。”

I

妈妈的呼叫响起时，唐山还以为是闹钟。他迷迷糊糊拿过闹钟，摁了半天，响声仍在持续。定了定神，清醒了一些，明白是手机在响，摸过来一看，是妈妈的视频请求。像冷不丁被扎了一针，唐山腾地坐了起来，再看看手机，完全清醒过来，清醒得过度，以致无法相信，以致手足无措。但手机还在响，他不能让妈妈久等，更不能让她挂断。

点了“接受”后，唐山下意识地紧闭双眼，感到时间在眼皮上流动得越来越慢，卧室静得快要坍塌，他慢慢睁开眼，注意力集中到手机屏幕上。那里也有一双眼睛正盯着他，极力抑制着情感的流露，因而睁得有些过大，湿润得有点失真。目光再一点点松动，放到眼睛所镶嵌的那张脸上，依次放到眉毛、额头、脸颊、鼻子、嘴唇、下巴上，扫描一样看过去，最后，拼成一张完整的在哪里见过，却又无法准确及时从记忆里打捞出来的脸。

“儿子，还在睡觉吧？这么早吵醒你，妈妈实在想你，想和你说说话——想看看你。”妈妈是笑着说的，声音有点发颤，笑完还抿了抿嘴。

唐山这才对这张脸有了更多的认知。它不完全符合他的记忆，却是他一直想看到的。当然，毫无疑问，它现在比他想看到的更好，皮肤更为光洁，五官更为精致，表情更为生动，精神更为饱满。换句话说，它比他记忆中的优化了一些。优化的力度并不过分，不至于他认不出来，却又明显超过了记忆的限度。不过，唐山也不敢断定，这张脸从没有在现实中存在过，他更不敢说，它的呈现是虚拟的，是超现实眼镜通过眼睛刻意提供给他的错觉。毕竟，妈妈最风华正茂的时刻，这张脸最美好生动的时候，也许都是在他出生以前。不管怎么说，他能看妈妈的脸了，有了脸的妈妈才是完整的。

“妈妈，没事，我也该起床了。你，你最近怎么样，状态挺好的吧？看你的模样，简直像是年轻了几十岁，要不是电话号码没变，要不是你先叫我，我都不敢喊你妈妈了。”

“儿子，你嘴怎么变得这么甜了？”唐山说得僵硬，妈妈接得也僵硬，但就是这样僵硬也顺利地度过了起初的不自然。再往下说，就流畅多了，“最近挺好的，就是啊天天住在医院里，除了在巴掌这么大的地方转悠，哪儿都没法去，在外面待的时间稍长一点，医生也吓唬你，护士也吓唬你，就好像我不是从外面来到医院，而是生下来就在医院里待着似的。”

“那就听医生、护士的吧，他们毕竟是专家，知道怎么样对你身体更好。等你好了，我请假陪你游山玩水，走遍天下。之后，我得让你到这边来，和我住在一起了。”

“好好，到时候妈妈和你一起游山玩水，妈妈和你住在一起，妈妈照顾你，不，让我儿子好好照顾妈妈。”妈妈停了一停，“儿子，你，你有可能什么时候出差，顺道回趟家吗？”

“妈妈，应该很快就有机会。”昨天孙燕来说让唐山去趟白条湖时，他就想着，必须回去一趟，看看妈妈。尽管可能还是和以前一样，面都未必能见上，就又匆匆离开，但还是必须去。现在，妈妈有了这等模样，不知道见面更容易还是更困难。但再困难，妈妈都迈出了这一步，余下的就得自己去解决。唐山下定了决心，但还是想，暂时不告诉妈妈确切的日期，他想给妈妈一个惊喜，也给自己一个缓冲。想定这件事，唐山才记起，自己忘了另一件重要的事。

“妈妈，你什么时候装上的超现实眼镜？之前从来没有听你说起过啊。”

妈妈再度抿着嘴，然后不好意思地笑了，仿佛是在笑自己对儿子都还这么保留。“儿子，我也不懂，就是想看看你，也想让你看看妈妈。他们给我介绍了小邱，小邱不但帮我装上了眼镜，还为我调整了状态，你现在看到我的样子，也是他帮我调出来的。说起来，还真得谢谢人家小邱，收费又便宜，服务又好，态度特别和善……”

“妈妈，你等等。”虽然已进入公司五年，并且做了三年现实顾问，唐山对公司花样繁多的服务项目仍旧无法了如指掌，不过有一点他非常清楚，不管是哪个类别的服务，顾客装上超现实眼镜时，都会至少向一位直系亲属发送现实编号以定位。他并没有收到妈妈的现实编号，这说明，要么有人省略了这个过程 —— 他听说过有些盗版现实的人能做到这一点，不过并不清楚其方法 —— 要么，就是妈妈指定了别人，从法律层面来说，这仍然有问题，毕竟，他和妈妈称得上是彼此最亲近的人。但一时间，唐山也没法向妈妈解释清楚，好在，他很快就能回去，当面了解清楚。

"妈妈，你离手机更近一些，最好能够让我直接看到你的眼睛。"唐山采取了更间接的方法。

"怎么啦，儿子？"妈妈一头雾水，但她还是将手机举到眼前，开始是两只眼睛，然后又移到右眼上。妈妈的角膜上确实贴着一层蓝色淡到几乎没有的膜，看起来，和公司上一代的超现实眼镜完全没有差异。难道是升级换代后，地方医院操作不严密造成的？

"好了，恢复成正常的距离就行。没事，我就看看你的眼镜，现在看清楚了，没有任何问题。我真是太粗心了，都不知道有这么大的变化。刚装上没几天吧？贵吗？我现在都搞不清楚不同代的眼镜在不同地区、对不同身份的价格差异。"唐山说话时，密切留意着妈妈表情的变化。

妈妈并没有出现任何负面或消极的情绪变化，还是那样精神饱满。

"你也觉得好吧？前天装上的，我昨天试了一天，所有人都说好，有人夸妈妈比你还夸张，我这才放下心，决定今天和你见一见。钱的事情你放心，小邱说，给我用了上一代的镜片，并且申请了公司的特别优惠，总共下来，还不到原来的十分之一。小邱这孩子，还真是帮了我一个大忙。”妈妈的面容仍旧那样精力充沛、神采奕奕，但说话久了，就不可避免地带出了老年人和病人共有的重复、絮叨。

唐山不忍心让妈妈老是对着手机，这么紧绷，可他又确实想再多看妈妈几眼，就算这样一直看下去，都觉得不够。他想把以前没看的补回来，但他又知道逝去的时间无从弥补，于是唐山的眼睛越挨越近，整个人恨不得趴到手机上，仿佛那样一来，就能真的挨着妈妈，看个够。

“妈妈，你身体怎么样？”他停了停，又说，“等我回去时，让我看看你现在真正的样子，好吗？”

妈妈呆在了手机那边，不知她对这句话是期待，还是畏惧。然后，妈妈展现了一个微笑。

“傻儿子，妈妈的身体没事，你现在看到的不就是我嘛。放心，我在医生、护士照顾下，状况很好，现在小邱帮我装上眼镜之后，看到了很多以前没有看到的世界，心情更是前所未有的好。你就放心工作吧，等妈妈好了就过来照顾你——不对，要按照你说的，妈妈先和你游山玩水，然后才过来照顾你。不，让我儿子照顾我。咱们母子俩互相照顾。在那之前，你答应妈妈，好好照顾自己，工作再忙再辛苦，也想着一天三顿都得及时吃上，都得吃上热的。事情再多，也要注意休息，人总归不是铁打的。唉，要指望你把自己照顾好太困难了，等什么时候你结了婚，妈妈才真的放下心来。不过，我也顾不过来了，再说，不知道是谁家姑娘那么好的福气，让我这么好的儿子一直等着。”妈妈说到这里，有些咳嗽带喘，过了一会儿才抑制住。

“好了，就先这样，你赶紧去上班。有时间了你就给妈妈打电话，妈妈再看着你，和你说话。”妈妈在屏幕里再次露出了唐山有点陌生的微笑，还招了招手。

○

接上老孟再回到周兴和父亲住的北岸，已经下午两点多。

老周在门口的院子里摆弄着钓竿，一看见老孟，兴奋地站起来：“老孟，你可算来了。走，咱俩去把晚上吃的挣出来。”

“爸，孟叔刚到，你就不能让他先歇一歇，喝口水？”周兴见惯了这老哥俩的相处，可仍旧忍不住要逗逗父亲，“再说了，是你派我去请孟叔过来，好菜好酒招待都是应该的，你说‘挣出来’，怎么感觉像是要压榨孟叔啊？”

老周嘿嘿一乐，“你懂啥，自己挣的，吃喝都香。不只老孟，你也得跟我们去！”

这周兴倒没有想到。他知道老哥俩喜欢一起钓鱼，可从来没有叫过他。他也钓过几次鱼，但都没多少收获——他受不住那份静，常常搅得其他钓鱼的人跟着心烦意乱。

老孟看看老周，再看看周兴，又指着门口灰色墙面上那五个黑色柳体的“白条湖饭庄”，说：“你这买卖不做啦？”

“暂时歇业。你看现在有什么人来？周兴，你去准备船，以你孟叔和我的技术，只要你不捣乱，不到晚饭点，就满载而归了。”

“爸，你这话说得，我是去还是不去啊？让我去就是为了背锅呀？”

“去，去，当然去，不去晚上可没有鱼汤喝。”老孟哈哈笑着，拍了周兴两下。

周兴驾着船，老周和老孟坐在船尾。老哥俩也不说话，一个人掏出烟来，给另一个递上一支，自己也点上。两个人默默地吸着烟，吸完了扔进挂在船舷上的可乐瓶子里，仍旧一句话都不说，可是那沉默却醇厚、绵密，散发着无法用语言形容的默契和吸引力。

船没开出多远，就停了下来。老周拿出拌好的麦麸和米糠，在船的一侧往前撒了一圈。然后老哥俩又点上一支烟，坐在椅子上看着水面。周兴准备好塑料桶、水杯后，也搬了一张椅子过来坐下。这时，开始有鱼出现。那还是不成群的，有些怯怯的鱼。它们在水中穿梭，用脑袋、身子和尾巴触碰饵料，待饵料被它们碰散，成一团沫时，才谨慎地几番吞吐，吃了进去。大概是饵料的味道散开了，或者先头那些鱼的偷吃被发现了，再出现的鱼就成群结队了，它们管不了那么多，在水面上横冲直撞，互相争夺，见到什么就一口猛吞进去，根本不管是否危险，吃相是否难看。

老周拿出准备好的小虾，给自己和老孟一人分配了一根鱼竿，“老孟，咱俩比一下，不论斤两按个数，看看谁钓得多。输了的人，也没有别的惩罚，喝酒的时候，先给对方敬一杯吧。”

“老周，我就佩服你，明明知道会输，还要挑战。咱说好，敬酒的呢，得站着。”老孟不甘示弱，他又指了指另一根多出的钓竿，“你把那个给周兴，说好了，周兴要钓得多，咱哥俩一块儿站起来敬他一杯。”

“就这么定了。”老周把钓竿交给周兴。周兴想推辞，他不是担心两位老人给自己敬酒，而是怕自己一条都钓不上来。倒不是结果难看，而是过程熬人。不过，他看见老孟忽然冲自己挤了挤眼，便糊里糊涂地接过了钓竿。

果然如周兴所料，那些白条鱼就像知道老孟和老周在打赌，并且各自已经选好阵营，下定决心要帮助其中一方获胜似的，从鱼钩带着小虾扔进湖中起，不到五分钟，就有一个人扯动钓竿，一条闪着银光的修长的鱼就摇摆着脱离了水面，被摘下来，扔进塑料桶里。而周兴这边，鱼也欺负人似的，不断拽他的饵，可无论是浮标一动就起竿，还是等浮标被拖到水下看不见了才起竿，他见到的，都是钓线尽头那空空的干干净净的鱼钩，鱼钩上还挂着一两个小小的水滴。没多久，周兴就失去了耐心，索性收起鱼竿，纯粹当个观众。尽管只要看见浮标在动，他就恨不得提醒老周老孟注意，但感觉还是比自己钓轻松多了。

下午四点多，鱼饵用光，数下来，老周老孟都钓了二十三条，两人相顾大笑。周兴帮着把两个桶里的鱼倒在一起，看着四十六条小刀子一样在水里钻来钻去的白条，他也很高兴。随后，他发现装鱼饵瓶子的瓶盖上还粘着两只很小的虾，便取下来放在手掌里，让老周老孟看了看，说："这下你俩可以一决胜负了，谁先钓上来算谁赢吧。"

老周摇摇头，"这太小了，估计不会有鱼上钩。"

老孟也摇摇头，然后又点点头，"这样吧，周兴还没钓上来，你把两只虾串一起，只要钓上来的比我们的都大，就算你赢。"

周兴摆摆手，正要拒绝，老孟走过来拍拍他说："别怕，我看着，我叫你起的时候，你再扯竿。扯的时候要迅速，但不要太猛。"

扔下去没多久，鱼漂就动了动，周兴有点急，但想着老孟在身后看着，就又按捺住了。他看了看坐在远处的老周，老周点了一支烟，正悠然地望着湖面。不过，周兴感觉，老周肯定在关注着自己，他甚至是在假装悠闲。忽然，老孟拍了他一下，周兴回过神来，按照老孟说的，迅速回了一下竿，手里沉了一下，有鱼上钩了，他再往上扯，没扯动。

老孟兴奋起来，“好家伙，看样子不小！你别慌，别使劲扯，小心扯断线。它往前拽，你就随着它去一点，然后再慢慢往回拉。遛它几个来回，等它累没了力气，就听你的摆布了。”

周兴按照老孟说的，保持着鱼在钩上，看似随着它不断往前去，实际上只是钓线和鱼钩在水里兜着圈子。僵持了好一会儿，鱼挣扎的劲头小了，慢慢被拽到了船舷边，老孟用网子捞起来，三斤左右的样子，鱼身上的银光更加沉着、深厚。

“这下好，有炸鱼吃，有鱼汤喝。”老孟特意冲老周晃了晃手里的鱼，才扔进桶里。

回到饭庄，周兴看着父亲把大鱼炖下——老周做鱼汤时，不允许任何人插手——然后帮着父亲把小鱼收拾干净，待他开炸，才把父亲中午就准备好的炸花生端出去，开了一瓶酒。

“我爸也太抠门了，就拿一盘花生米招待孟叔。”周兴嬉笑道，他知道老孟不介意这个。

“炸花生可是好东西，”老孟摆了摆手，“要我说，这世上一等一下酒的，就得是炸花生米。你爸炸的白条，也就勉强能和炸花生打个平手吧。不过，和你爸熬的白条汤比起来，这两样又逊色了不少。白条汤一喝，有没有酒都不重要啦。几十年前起，你爸的白条汤就是湖区一绝。浓而不稠，香而不腻，肉嫩无刺。传说中，汤熬得差不多了，你爸用筷子撑住鱼嘴，轻轻一抖落，就把整个鱼骨鱼刺从肉里拔了出来，关键是，肉还不散，不至于熬化。”

“你又在这儿讲神话呢？讲了几十年，都讲到自家孩子面前了。”老周端着炸好的小鱼出来，听见老孟的话，有点不好意思。

“神话才是事实嘛。”老孟待老周坐好，让周兴也坐好，倒好三杯酒，“老周，来，大人有个大人样，说话算话。咱俩敬周兴一杯，要不是周兴，今天肯定捞不着鱼汤喝。”

老周笑了笑，端着酒杯站起来，周兴慌忙也站起来，双手捧杯，和老孟、老周逐一相碰，先自己干了，“孟叔，怎么说也该是我敬你们。”

说着，他拿过酒瓶给三个杯子倒满，自己先站起来，一口干掉。老孟也要站起来，被老周止住，也就坐着喝掉了。接下来，就又回复到寻常的模式了，老哥俩拿着筷子夹花生，夹鱼，端起杯子喝酒，除了一声“干”几乎没别的话。周兴陪在一边，也觉得没有那么多话挺好，他除了不时跟着喝一杯，就负责照看两个人的酒杯，谁没了就给倒上。一小时多一点，三个人喝光了一瓶酒。

老周又开了一瓶，这一次他右手持着酒瓶，左手搭在右手腕处，给老孟满了一杯。这在当地是很正式的礼了，老孟也因此站了起来，端起酒杯看着老周，等他说话。

“老孟，咱哥俩认识这么些年了，从来没有客套过。今天，当着孩子的面，我要跟你道个谢，谢谢你把这湖交给我，让我现在有一个自得其乐的地方。”老周说着，红了眼睛，端起酒一饮而尽，“别的不说啦，都在酒中。”

老孟看着老周好一会儿，眼睛也有点红，他喝了杯中的酒，阻止了周兴添酒，拿过酒瓶，以同样的礼节给老周满上一杯，不过他压住老周的肩膀，没让老周站起来，哥俩坐着又喝了一杯。

“老周，要说谢也该，不过不是你谢我，是我谢你。不是为了我当年那小小的职位，是为了这湖，为了生活在这周边的人。你说那时候这湖多糟糕，又脏又臭，尤其到了夏天，像是煮开了一样，翻着一阵一阵的泡沫，看起来就像是一块上百里大的脓包。你不知道，当时有人提出了多混蛋的建议，说把这湖里的水全排干，这样不但能止住臭味，去掉一块膏药，还得到多少多少稻田，都是良田。我就问了一句，稻田是有了，你们从哪儿找水来灌溉？这些人就不说话了，都冷眼在旁边看，看我怎么办。那时候要不是你，提出来用自己挣的钱，为这湖清污、治理，我还真不知道怎么下得了这个台。”老孟说到这儿，停了下来。

周兴顺着老孟的目光，看见从门口走进来一个三十岁左右的青年，衣着举止都有些像白领。青年发现大家在看自己，又往前走了几步，周兴注意到了他眼中的超现实眼镜。

“大叔，现在营业吗？”青年问。

“营业，随时营业。来点什么？”老周应着，站了起来。

“能填饱肚子就行，实在有点饿了。”青年说着又吸吸鼻子，“什么啊，这么香？”

“好嘞，你坐。”老周指了指旁边一张桌子，起身向后厨走去。

青年没有迟疑，走过去坐下。他冲周兴和老孟点点头，二人也点头回礼。

周兴满上一杯酒，“孟叔，我也不站起来了，这杯敬您。我知道您和我爸多年兄弟，但以前确实不知道这湖身上还有故事。听我爸说，这湖的合同除了签了六十年，还有其他的优厚条件，想必您没少为此受委屈。”

老孟摆摆手，“委屈谈不上。开始吧，大家都觉得是个烂摊子，好不容易有你爸这个傻子要自己掏钱收拾，人人都松了口气。是啊，人家得图点啥，承包，行；前期费用折算成承包费，不够的再补，合情合理。那时候大家都觉得我运气好，摊上个傻子，没什么闲话，最多是有的人嘀咕，说这个傻子可能居心不良，说不定将来会把湖搞得更糟。后来，这湖清理干净，有了新鲜样子，各种消息传来，说值多少钱，就有人开始翻账、找事，把我也查了个遍。可是没什么问题，再加上合同在那儿，还都经过公证，他们知道没办法，也就不再言语了。”

老孟说完，长舒了一口气，看来不管有没有委屈，愤怒是肯定有的。

“老孟，你这么被折腾，多半都是那，那什么公司——”老周在后厨忙活，一点儿没落下这边的话。他端着一海碗，放到那青年面前。碗里是一把青菜浮在白汤上，看不见更多内容，但光是颜色搭配就足以唤起食欲。

“超级现实公司。”周兴补充道，他发现那青年正要伸筷子捞面，忽然停下来，望了过来，看到周兴在看自己，又低下头去。

“对，就那公司。说是现实，一点儿都不现实，整天骚扰我，说要合作。你说合作就谈合作吧，又扯什么可以让这湖在大家眼里变成海变成西湖变成洞庭湖，这不是鬼扯嘛，我要白条湖变成这些干吗？要看海就去海边，要看西湖洞庭湖直接去，在这瞎找什么感觉？！”

老周说完，气哼哼地坐下来。不过那青年吃面的馋相很快吸引了老周，他盯着那吸溜吸溜进入青年嘴里的面条，满脸的疼爱、欣慰，“哎呀，慢点，慢点。别烫坏了。”

“就是，就是，别猪八戒吃人参果，领会不到老周的手艺！”老孟乐着，端起酒杯，和老周碰了碰。

青年不好意思地笑了笑，“好久没吃得这么香了。不只解饿，解馋，更唤起了我的回忆。”

说完，他又端起碗喝了几口面汤，放下碗来，一脸的满足。

“吃也吃饱了，过来喝两杯吧。”青年吃面喝汤的样子让周兴很有好感，便出言邀请。说完，也不等青年回答，就回柜台拿了一个杯子，给满上酒。

“那我就不客气了。”青年爽快地坐过来，“不瞒您三位，我也是这的人，老家离这儿不到一百里。小时候我和我爸来过白条湖一次，那时候湖边还没这些平顶房，就是三间小青瓦，还搭出来一间草棚作厨房。那天我爸说，让我吃顿一辈子难忘的饭，就点了一份清蒸白条。那鱼得有四五斤吧，反正我俩美美实实地吃了个饱。那以后，我再也没有吃到那么美味的鱼。没想到，刚刚这面条，这面汤让我时隔这么多年，找回了记忆中的味道。就为这个，我得敬您三位一杯。”

“这就岔了！敬酒可以，但就你刚才说的话，你好好敬老周就行，一杯不够两杯，两杯不够三杯。敬我就说不上了，我最多算是陪的。”老孟笑着说。

“当然要敬你了。不然，我刚才那番话白说啦？！”老周迅速反驳。

“好好，照你这么说，也得敬周兴。可能啊，更得敬周兴。这孩子，真是难得。你看多少人家，多少父子，就为了一点小利，撕扯得不成样子。老子喜欢的中意的，想守着安度晚年的，儿子非得折腾掉折腾没，非要出手。周兴呢？人家不但不这样，还什么事都任随你，守着你，跟你搭伴，帮你做事。”

老孟义正词严，说得周兴有点窘，又不知道该怎么应对。幸好那青年端着酒杯站起来，解了围，“是我失礼了。这样，我分别敬三位。”

说完，他拱拱手，喝干杯中酒，又倒了两杯，连着一饮而尽。

“哎哟，这小伙子我喜欢。”看到青年这豪爽劲，老孟眉开眼笑，“来来，坐下坐下，来点炸鱼，来点花生。”

待青年坐下，老孟再度看着老周，“老周，你刚才说那超级现实公司，你可真别小瞧了他们。这公司，现在势力可大了。你不好那个，不知道，现在的人，尤其是年轻人，都喜欢装上他们公司的一种眼镜，这样就能向公司订购看到的世界，你想要什么样，公司就给你定制、提供。周兴，你装没装他们的眼镜？小伙子，你是不是也戴着这样的眼镜啊？”

周兴很是窘迫，看了老周一眼，用小得不能再小的声音说：“我装过，装过。”

那青年倒是大大方方地指着自己的两只眼睛，“是，我戴着。现在不光是年轻人，大多数人都戴，不戴都没法跟人打交道。因为所有的东西都有知识产权、隐私权，如果不购买，什么都看不到，也就是到了这儿，因为湖的权益没有售出，所以我能直接看到。”

“你看看，小伙子说的这才是潮流，咱们早跟不上了。”老孟说着，笑着摇了摇头。

“跟不上就不跟吧，让他们热闹去。你说那公司势力大，可再大也大不过法律吧。就说那女的，说得那么天花乱坠，我说‘我不想掺和那些事，也不想要那么多钱，你说的那个多好多好的世界，我不感兴趣’，她不也只能转身走嘛。”老周不以为然。

周兴清了清嗓子，正要说话，一阵铃声响起，那青年一面举手致歉，一面掏出了手机。青年看了看来电，脸色突然有些凝重，但还是接通了。

“您好，我是唐山。您好，翟医生。啊 ——”唐山脸变得煞白，浑身都抖了起来，“什么时候的事？好。好。我马上赶过来。”

挂断电话，唐山张了张嘴，什么都没说出来，又冲三人点点头，慌乱地走了出去。

虽然不知道具体发生了什么，但老周、老孟和周兴都猜到一定是不好的事，因此三个人望着唐山已经消失不见的店门口，都沉默了。

I

医院前台的护士听了唐山的话，拨了内线，只听她对电话那头说：“翟医生，唐山先生到了，他说是您通知他过来？好的，好的。”挂掉电话，护士示意唐山跟着自己走，她把他送到一楼的休息室，指着一张空椅子说：“您请坐，要喝点什么吗？”

唐山摇了摇头，护士仍旧送过来一杯水，才转身离开。唐山手里端着水杯，茫然站在那里。医院很忙碌，人来人往，进进出出。休息室里还有几个人，都端着水杯，呆站在那儿或者陷进椅子里。唐山也想陷到椅子里去，但他没有力气走过去，也没有力气去辨认其他人的脸，他甚至没有力气去回想刚才翟医生在电话里的语气。

“唐山先生，你好。”总算走进来一个身着白色大褂的人，他说着话，伸出手来，看唐山没有握手的意思，也很自然地收回了。

“我姓翟，一个多小时前，给你打的电话。”他说。

“翟医生，你好。我妈妈她怎么样？”

“令堂——令堂在我们通电话的时候，已经……辞世了。唐先生，唐先生？保重，请节哀。唉，对此我们很难过。令堂清醒的时候，嘱咐过我们，让我们不要代为和你联系，尤其是在——在她弥留的时候，一定不要折腾你。令堂说，我们要在她咽下最后一口气，离开这个世界之后，再和你联系，她说你会理解的。我们也没办法，毕竟令堂的相关安排是通过律师，向医院移交了法律文书的。”

唐山深吸一口气，能看得清翟医生的脸，也看得清他的表情了。翟医生脸上仍有几分忐忑，过分专注地看着他，唐山明白，翟医生是怕自己找麻烦。尽管医院这么做完全没问题，但真要遇上不讲理的，光扯皮也很耗费时间、精力。唐山长吁一口气，看着翟医生，“你放心，我能理解，这是我妈妈做事的方式。现在，能带我去看看她吗？看看——”

翟医生自然明白唐山的意思，他点点头，示意唐山跟着自己走。

“唐先生，说出来你可能会安心一点，令堂走得很安详，基本上没有受折磨。昨天一大早，她忽然精神无比振作，不排除是因为她有了一个显现的形象，并且这个形象比正常人还健康活泼精力充沛，因此形成对比，给大家造成了错觉，可实质上，她的整个生命体征也确实都有好转，至少也很稳定。老实说，当时我们还开会讨论来着，有人说是好转的迹象，也有人说，可能是回光返照。因此，我们做了两手准备，一方面是进一步治疗，一方面……一方面是以备万一。结果她一整天都没事，晚上睡眠质量也不错，一直持续到今天中午，进入午睡。正是午睡醒来后，她的体征开始恶化，各项指数都在下降，我们全力抢救，终于在下午，她醒了过来。那时候的状态，才是真正的回光返照……对不起，我这么说希望你别介意。不过她那时候很清醒，还特意叮嘱我说，‘翟医生，别忘了我跟你们说的事，不要让我儿子看到我在鬼门关前战战兢兢、犹豫徘徊的样子。’后来，她就再度昏迷，没有醒来，直到去世，全程不到一个小时。可以说，她走得很顺畅。对不起，不知道你现在是否愿意听到这些，只是希望能对你有所安慰。我从医这么多年，确实见过临终前备受折磨……”

出了休息室，翟医生带着唐山沿一楼大厅一直往前。走到电梯那儿，进了一个特别大的，足够放下一张床的电梯，到了地下二层。出了电梯，再往前走，往左拐。一路上，他说个不停，仿佛自己的嘴上装着这世界上最有效的安慰器。唐山没有走累，听累了，他伸手止住了他，“对不起，翟医生，谢谢你，可以让我安静一会儿吗？”

翟医生毫无延误地接了“好的”两个字，就没再说话。好在，左拐之后，又右拐了一次，走了十来米，两个人就来到一扇金属门前，门上挂着白色标识牌，上面写着三个黑字：太平间。

翟医生推开门，唐山跟着他进去，又跟着他往右拐。他先听见抽泣声，再看见一个女人站在一个拉开的抽屉一样的铁皮柜子前抹泪，她旁边站着一男一女两个警察，女警察小声地问：“你看清楚了吗？确定是他？”女人没有理她，仍旧自顾自地哭着。

“唐先生，这边。”翟医生引着唐山绕过他们，往里走了几步，来到靠里的一排柜子面前——也不知道他们是怎么安排死亡顺序的，然后拉开位于中下、编号B-30的柜子。“唐先生，节哀顺变。”

“节哀顺变。节哀顺变。节哀。顺变。”唐山心里机械地重复着翟医生的话，走上前去。柜子里并没有多少雾气，可见人冻时间不长。进入眼睛的，首先是一层白布，然后是白布下面的人形物体。唐山稳定了一下情绪，想象了一下妈妈平常的样子以及现在可能的样子，探身将白布掀开一些，露出头来。

然而他看到的既不是记忆中妈妈平常的样子，也不是想象中她现在可能的样子。白布下，是一张似曾相识的脸，平静、安详，甚至可以说神采奕奕。唐山愣了愣，想起这是今天早上通话时，他在视频里见到的妈妈呈现出的脸。即使就在公司工作，即使做了这么多年的现实顾问，唐山仍旧是第一次遇到这样的事情，因此他不知道怎么办。本来，他想抚着妈妈的脸，捏一捏她已经冷却的手，告诉她，自己来看她，来准备和她道别了。他还提醒自己，一定不要流泪，因为妈妈不想看到他这样。但现在，从轮廓，从局部，这张和妈妈相似的脸却让他情感断裂。他发现，陌生不是全然的不认识，而是在认识的基础上发生了偏差。

"怎么了，唐先生？"翟医生看出了唐山的反常，他开始以为这是目睹逝去亲人的通常反应，唐山完全被悲恸攫住，无法动弹。但是从唐山僵硬的身体和表情，他逐渐明白另有缘由。

"这——这，这是我妈妈吗？"唐山说得异常艰难，说完他又觉得没有表达出自己的意思，补充或纠正道，"我妈妈，她在哪儿？"

翟医生被唐山凌乱的表述弄得很困惑，他试探着走上前来，看了看柜子里躺着的人，不太确定似的，把白布往下拉了拉，看了看那双手——那双手略显沧桑，但仍旧白皙。翟医生这才放下心来似的，将白布盖到逝者脖子处。

"没错，这是令堂。确认无误。你是第一次见到，第一次亲眼见到她的现实呈现吗？很抱歉，这也是她的要求，具体我们不清楚，据说她委托小邱这样做的。我曾经听她邻床的女士聊到，那位女士劝令堂，让她体谅一下家人想要见到逝者最后一面的心情。令堂说，她让家人见到的就是她想让家人见到的，她还说，你能理解。”

“理解！理解！我不能理解——”唐山突然情绪失控，吼了出来，随即又控制住情绪，空落落地站在那里。他看着眼前柜子里的这个人，他知道那是他妈妈，如果可以，他甚至能想办法校验她的现实编号。但是，那又怎么样？那不是他的目的。他不是想确认眼前这个故去不久的人是谁，他是想看看她，不是看她呈现的面貌，而是看她真实的样子。

“对不起，翟医生。”唐山轻声道歉，也向那个女人和旁边的两位警察举手致歉。那个女人被他刚才的吼叫止住了的哭泣，随着他的举手致歉又续上了，而那个女警察再度絮絮叨叨起来，不知道还是不是原来那句话。

“没事，唐先生。”翟医生真的不介意，他只是不知道接下来该怎么办。

唐山把柜子推了回去，看着B-30像块砖一样镶嵌到那一面标号的墙上，他转身沿着来时的路，拐了几拐，坐电梯，回到一楼大厅。不过他没有再去休息室，而是径直走出大厅，在一棵龙爪槐下站住。

“你有烟吗？”他说。

翟医生给唐山递上一支烟，点上，自己也点上。两个人相对无言地抽起来，天光已经暗下来，到处都是灯光或霓虹灯光。

现在该怎么办呢？按照正常流程，他应该拨打公司电话，找一位现实顾问，对方会按步骤帮他解决问题，就算解决不了，也一定会协调到能解决的人，至少也会把电话转给另一个人，让他知道事情还在途中，不是没有希望。但他自己就是现实顾问啊，就算没有遇到或听到类似的情况，他也知道，首先要验证电话人的身份，确认是本人或者监护人在联系。如果是继承人呢？他相信公司一定有相关规定，但他也相信，要确认是继承人的程序会比较复杂，况且，他还不能确定，或者说他几乎可以肯定，妈妈并没有安装正版的超现实眼镜。就算是正版，以她没有向自己发送现实编号以定位的情况看，她的操作平台上多半没有预留他的信息。总而言之，等他走完复杂的程序，确认自己继承人的身份，可以处理妈妈的现实界面，将它关闭，估计时间也过去了好些天。那么现在，最快速的办法，只能落在小邱身上。

“翟医生，你刚刚说到的小邱是什么人？是超级现实公司的员工吗？”唐山说的时候，紧紧盯住翟医生的眼睛，他记起，妈妈也说到过小邱。

“噢，小邱，小邱经常来医院，帮助一些有特殊需要的人。我不知道他是不是超级现实公司的人，这个就算问医院保卫部，他们也未必知道。毕竟，医院没有权力核对进出人员的身份，尤其是在没有对医院构成干扰，带来不便，也没有病人或者病人家属投诉的情况下。”翟医生开始有点慌乱，不过马上镇定下来，回答得有条不紊。

那我现在投诉可以吗？——唐山生生把这句话吞回了肚里，当务之急是找到小邱，其他事情后续再说。“那我现在要见到他，可以吗？”

翟医生不自然地咳了两下，扶了扶眼镜，“唐先生，很抱歉，你的心情我完全能够理解，但是请你相信，我们医务人员不可能有小邱的联系方式。不管很多病人对小邱怎么感激，怎么称赞有加——这点毫不夸张，你一问就知道——他都是在医院里进行商业活动，如果我们医务人员和他过从密切，就真的说不清楚了。啊，我知道了，请跟我来，能找到小邱的联系方式。”

唐山跟着翟医生进了医院，穿过大厅，到了住院部，坐电梯上了八楼，走进819房间。房间里有四个床铺，靠左一张空着，右边床前，一个女人坐在椅子上削苹果。看起来，那个女人和正常人一样，甚至比正常人还要健康，但是唐山仔细辨认，还是看得出她的右腿是呈现出来的，也许实际上早已经截肢了。

“3床，现在好些了吗？”翟医生问。

他们进来时，女人应该就注意到了，但是直到翟医生问，她都没有抬起头来，她那过于健康的身体透露出垮塌的气息。

“还能怎么样啊，医生？活着呗。我都熬走三个人了，自己还活着。这么活着有什么意思，还不如也随我这4号床的姐姐走了呢，去阎王爷那儿，还能有个伴儿。”女人嘟嘟囔囔，但是并没有停下手里的刀子。苹果削好，她客套地冲翟医生和唐山举了举，两个人都摆了摆手，她又拿刀子划下一块，放进嘴里。

“你也别这样想，活着就有变化，有变化就有希望。”翟医生安慰着，冲唐山使了个眼色，示意唐山在4号床边的椅子上坐下。唐山摆摆手，想了想，又过去坐下。他看看床上的床单和叠好的被子，又看看床头的小柜，小柜上放着一个哆啦A梦图案的马克杯，那是他小时候用过的，哆啦A梦头上被他不小心磕掉一小块的竹蜻蜓还是那个样子。睹物思人，唐山一把拿过马克杯，攥在手里，眼泪涌了出来。

“3床，这几天见到小邱了吗？”翟医生和女人都注意到了唐山的情绪波动，他们看了一眼就都有些夸张地别过头去。“这是4床的家属，有点小事想找小邱了解一下。”

“哦，哦。”3床点点头，声音提高了一些，以便唐山能听清楚，

“其实小邱没什么事并不往医院跑，他也不是过来跟我们推销东西，赚我们的钱，都是医院里一个传一个，越传越神，就总有人找他帮忙。每次都是我们先打电话，在电话里和他把事情说清楚，把要求提出来，他觉得有必要、能帮上忙才过来。”

“我们也是找他帮忙，你放心，不是找麻烦。”翟医生这话说得并没有多少底气，因此说的时候，还看了唐山两眼。至少，唐山没有反对。

女人放下手里的刀，拿过手机，翻找了两下，报出一个号码，唐山记在手机上。唐山站起来，准备走，同时向女人道谢。开口的时候，嗓子却嘶哑得只发出了两个含混的音。

“小伙子，你别太难过了。跟你说，我和4号床的姐姐同病房有段时间了，这两天她最高兴了。自从小邱帮她装上眼镜，她照镜子的次数比原来多多了，她还跟我说，要把现在的样子留给儿子，儿子要记就记住这张脸。你就是她儿子吧？我觉得，不光你妈感谢小邱，你也得感谢小邱，能让父母走得平静，这是多大的恩情啊。”女人有点啰嗦，不过没说什么虚话，唐山也就站在那儿，听着她一句句说。

“我那姐姐还说，要是这个眼镜能把事情复原，把东西修复就好了。她说这个水杯留给你，唯一的遗憾就是没有把上面坏掉的地方复原。你说我这傻姐姐，她不知道正是这些破损的地方，才跟我们有关吗？她知道，她只是想借此表达个意思而已。”

女人说着说着，不知道是念及过往的相处，还是借以感叹自己，反正声音越来越哽咽，唐山实在没法再站在那儿了。他转身冲女人鞠了个躬，伸出右手冲翟医生做了个打电话的手势，表示再联系，然后走出了819病房。

〇

一条小道从山脚逶迤向上，消失在山上的黑松林中。天近黄昏，淡淡的雾气从林中漫出，缭绕在山脚与小道间。道旁立着一株枯松，在暮色中更见瘦癯、挺拔，一截枯枝上还挂着一把金黄的松针，在雾气中微微颤动。一只乌鸦不知从何而来，一伸爪，落在枯松上。乌鸦转动着脑袋，看着脚下有些衰败的小道，发出嘎嘎的叫声。

突然，一阵如闷雷似疾鼓的声音由远及近，三匹高头大马疾驰而来。来到山脚下、枯树旁，三人同时一勒缰绳，三匹马前蹄离地，半身挺立，齐声长嘶。马上三人，由前向后，分别是红衣少年、红衣少女和青衣男子。

“姐姐，你看，树上有只鸟。”少年抬手一指，不待少女和男子回答，取下身上的弹弓，照着乌鸦就是一弹。乌鸦飞离不及，被弹丸击中，掉了下来，几片羽毛也被击得脱落身体，在空中悠悠飘荡。

“姐姐你看，我的技术又提高了。你看你看，乌鸦的羽毛也不是全黑的。”少年兴奋得直嚷嚷。

少女看着飘荡的羽毛，也被它们翻转的身影吸引，她露出甜蜜的笑容，正要赞许两句，又瞥了青衣男子一眼，带着娇宠地呵斥道：“元青，和你说了多少回，不要见着什么都用弹弓，更不要轻易杀生，怎么就是不听？”

说着，连番冲少年使眼色。少年并不吃这一套，他扬了扬手里的弹弓，有点挑衅地看着青衣男子，说：“弹弓是我的，我想怎么用就怎么用。什么杀生不杀生的？在现实当中，你就一点肉都不吃，一点奶都不喝？”

青衣男子哼了一声，却并没有说什么。少女掩嘴一笑，冲男子拱了拱手，“张先生，请不要和元青一般见识。咱们还是抓紧赶路，趁天光未尽，翻过这座山吧，以免节外生枝。”

男子也拱了拱手，摇了摇头说：“元红小姐客气了，大家萍水相逢，结伴而行，在下并无任何权利跟元青计较。咱们是要抓紧赶路了，现在世道这么乱，我看这座山很是凶恶，怕是不祥。”

但已经来不及了。一支响箭呼啸而来，掠过三人，钉在枯松上，箭尾兀自颤动。一阵比方才更强劲、密集的马蹄声从山上冲下来，很快到了面前。一共七匹马，马上各端坐着一个大汉，奇特的是，他们全都身着绿衣，腰间悬垂的长刀也是裹在绿色的刀鞘里。七人七马一冲，就将原来的三个人冲散了。六个绿衣大汉，两个一组，将青衣男子、红衣少女和红衣少年裹在中间。余下那个大汉像是为首的，他扯着缰绳，让马踏着碎步在前面兜了两圈，才停下来。

“三位，对不住了。”为首的大汉拿手里的长鞭指了指三个人，“有劳三位跟兄弟们走一趟吧，我们那里山高水秀、月明风清，值得小住。等住上些时日，管保三位舍不得离开。”

大汉说完，仰首大笑，其他几个大汉也大笑起来。

“光天化日，朗朗乾坤，你们胆子也太大了，竟敢公然劫道。”红衣少女扬声斥道，声音里带着掩饰不住的兴奋。说完，她一伸手，摸向腰间长剑。

但为首的大汉眼疾手快，长鞭一抖，蛇般缠绕过来，剑未及拔出，便连鞘被长鞭卷了过去。大汉一声长啸，左手抓住少女的剑，右手并不停顿，手腕如燕子穿花，连番施展，长鞭随声而行，先是击中少年持弹弓的左手，然后缠在青衣男子的脖子上。

“我劝你们都老实点！”大汉喝着，手上一紧，鞭子在男子脖子上勒得更深。

“回！”大汉又说，转身准备离开，但男子和他座下的马并没有动，鞭子越绷越紧。大汉诧异地回过头，看了看男子，再抖了抖手，鞭子随之解开，收了回去。

“原来是个怂货，这么点事就吓傻了！”大汉哈哈大笑，双腿一夹，胯下马扬蹄而去。其余六个人也裹着少女和少年呼啸上山，很快消失在黑松林中，只留下一动未动的男子和他的马孤零零地，留在暮色更见深重的山脚下，枯松旁。

周兴等了一会儿，确定男子只是暂停了他那部分正在进行的游历现实，开始了和现实顾问的沟通后，便退出了系统。等他清除了所有的痕迹，脖子仍旧发紧，摸一摸也似乎还在疼。看来游历现实确实升级了，体验也比原来逼真了很多，自己只是附着在那个男子身上，以其视角体验都有这么强烈的感受，可想而知，当鞭子缠过来、勒紧脖子的时候，男子心里的恐惧与愤怒。

当然，现实顾问一定会很快平息男子的情绪，让他继续做他们的忠实用户，他们甚至能说服男子，让他对新升级的功能充满感激。不过，这些都不是周兴关心的，他好奇的是，如果在现实——哪个现实呢？原始现实？最真实最根本的现实？还是唯一会要人命的现实？——他摇摇头，至少是会要人命的现实吧，如果在这个现实中，男子遭遇到他经常出入、游历的现实里那些经历，他会不会变得迟钝，不知道如何闪避真正的危险？

周兴再摇了摇头，这也不是他现在最应该关心的。他将操作平台上的东西收拾了一下，拿过平台一侧的头盔，连接好，通上电。不一会儿，操作界面上出现了一个头盔的立体图，并且发出一圈淡淡的银光，但银光很快消失，头盔的立体图也随之从操作界面上消失。随后，真实的头盔也发出了同样的淡淡的银光，并且过了一会儿银光也熄灭了。只不过，头盔仍旧在他的面前。

周兴知道准备工作已经做好，看了看时间，小邱很快就会快带着唐山回来了。他走出船舱，朝他们来的方向望去。残月已无，水面和天空像两块，不，像一块被擦拭得无限透明的玻璃，幽深、高古，上面缀着并不密集的星星，其明亮、澄澈，如同玻璃上透明的瑕疵。这旷心的夜景没有持续多久，其中一颗星星微微晃动，然后加速度向这边驰来，它携带的光团越来越大，身后的马达声也越来越响。没要多久，就可以辨认出，那是一艘快艇，快艇上坐着两个人。不久快艇就到了周兴的船下，灯光熄灭，马达声消失。噔噔噔，上舷梯的脚步声一前一后。

即使在星光下，周兴也一眼认出，后面那人正是下午一起喝酒的那个青年，唐山。唐山也认出了周兴，他丝毫没有惊讶，走上来，伸出手。

“你好。不好意思，这么晚还来打扰。”唐山的声音有点沙哑，极其疲惫。

周兴握了他的手，本想说一句“节哀”，但又觉得并没有什么安慰作用，“是我们抱歉，给你添了麻烦，让你这时候还跑这么远。”

“小邱，你去船舱里收拾一下，我一会儿就带唐山先生过来。”

“周先生，叫我唐山就行了。”唐山忽然局促起来。

“好，你也叫我周兴。”

两个人一时间无话可说，就听着小邱在船舱里的响动，倒也没有太过尴尬。周兴掏出烟来，让给唐山一支，再先后点上，各自抽了两口，索性在甲板上盘腿坐下来。

“周先生 —— 嗯 —— 周兴，其实，我特别感谢你们。你们不知道，我妈妈一直很介意自己在别人眼里，特别是在我这个儿子眼里的形象，我们已经很多年没有正面打过交道了。多亏你们的帮助，让她能够以愿意让别人看见的模样出现在大家面前。从她昨天和我视频的语气，从和她邻床病友的描述，我知道，因为你们的帮助，她心情特别愉快。所以我必须也请你们允许，让我代表妈妈也包括我自己，表达应有的敬意和谢意。”唐山说着，放下香烟，挺直上身，冲周兴深深鞠了一躬。

单纯从礼节上来说，这坐着的半身鞠躬有点不伦不类，更突袭得周兴一愣，不过他深深被唐山的真诚感染，就受了这个礼，然后以同样的鞠躬回礼。

“按说，妈妈喜欢，妈妈愿意以什么样的面貌离开这个世界，我都应该尊重遵从。但我确实想再真真正正地看妈妈一眼，看看她的脸庞，看看她的手，尽管它们可能已经被耗蚀得不成样子，但不管怎样，我都希望记忆中留存的是真实的妈妈。所以，解铃还须系铃人，只好连夜赶来，向两位求助。”说到妈妈被耗蚀时，唐山有点哽咽。

“你别客气 ——”

唐山伸手止住了周兴的话。周兴有点担心他会情绪崩溃，便止住了，他想说“你干脆痛痛快快哭一场吧”，可是就算他对唐山这个人有着近乎直觉的好感，大家的关系也根本没有到说这句话而不别扭的地步。于是他又抽了口烟，默默等着。

唐山并没有哭，他缓了缓，极其艰难地再次开口，“周兴，我面临的境况很艰难，但我还是必须跟你说实话。我妈妈的事希望能得到你们的帮助，但我的工作是现实顾问，超级现实公司的职员。本来，我来白条湖也是想，也是想看看有没有可能，说服你们和公司合作。现在，我是以个人的身份向你们求助，我保证接下来发生的一切都只限于个人的记忆，不会被任何公司或其他机构使用、利用，但在开始之前，我还是必须告诉你们实情，决定权也在你们的手里。”

周兴愣了愣，明白了唐山为什么刚才见到自己就显得局促，也发现自己之前对超级现实公司还是想得太简单。周兴无法从唐山的话里确定，超级现实公司是否知道自己和小邱在盗版现实，但他们从总部派来一位现实顾问，肯定有他不知道的考虑。不过，周兴很快决定，不管超级现实公司有什么样的考虑，唐山的忙他都要帮。他相信唐山说的话，相信他不会说出今晚的所见，他也相信就算唐山出尔反尔，自己和小邱也没有在系统上留下可做证据的痕迹，而唐山作为超级现实公司的员工，其言辞在法律层面上的可信度也会大打折扣。更重要的是，唐山想见他妈妈最后一面的障碍确实是自己和小邱造成的。

“唐山，谢谢你的坦诚相待，我们往下进行吧。你别客气，真的是我们的问题。”周兴顿了顿，斟酌了一下措辞，“虽然你在超级现实公司工作，是现实顾问，但恐怕贵公司的运作原理你未必特别清楚。从操作上来说，你们公司提供的是超级现实眼镜和相关的服务及后续维护，本质而言，超级现实眼镜是通过与公司的网络系统连接，对人的视觉神经系统进行引导，这样就能让人看见他想看见的现实，当然这些现实都是由贵公司提供的。这是一个体系，对所有通过超级现实眼镜接入贵公司网络的人都起作用，鉴于绝大多数人都装上了这种眼镜，也可以说，这个体系对整个世界都起作用。”

周兴说到这里，掐灭手中的烟，站了起来，唐山也跟着站起来。夜风微凉，湖面平阔，星光垂下，让人神清志明。

“不能简单地说贵公司运行的这套系统究竟是好是坏，毕竟它设置了停止与退出功能，虽然实际上习惯了在公司提供的现实里生活的人，很少会主动停止与退出，但毕竟给出了选项。真正的问题是，随着眼镜功能的日益强大，提供的选项日益丰富，准入的成本越来越高。当然，公司有很人性化的考虑，有动态的平衡，一个人可以通过他提供的形象与事实，通过与他相关的现实，经由公司向他人收取知识产权、肖像权、现实权的收益，借以换取自己使用的公司提供的服务，不足部分再购买即可。这是一个活的体系，但是对于像令堂那样因为身体不便，因为对创造性生活缺乏兴趣，从而没有知识产权、肖像权、现实权收益或者收益远远不够的人来说，这个体系是沉重的负担。也可以说，他们天然被体系排斥和抛弃。可是，在某种意义上，他们更加需要公司的关注与服务，而且所需常常局限在一些特别细微的事情上，并不占据大量的资源。”

周兴说到这里，抬手止住了唐山，“客气的话不必再说，我只是阐明背景。在这个背景下，我们觉得有义务帮助这些需要的人。自然，我们用的是贵公司淘汰下来的眼镜，没法提供丰富的最新功能，而且我们也是以游击战的方式，偷偷将他们的现实接入贵公司的体系。仅仅如此，我们也需要这整个船上的装备才能完成，当然有一多半的装备是用来即时擦除我们留下的痕迹，并且这些装备主要也是用在别的方面。扯得有点远了，说回来。因为用的是淘汰的眼镜，也因为我们是私自接入贵公司的体系，因此，偶尔会遇到一些问题。拿令堂的情况来说，按道理，我们是可以在她故去时，解除眼镜的功能，让她以原始现实的面貌离开，但出于对她本人意愿的尊重 —— 你可能不知道，以呈现的面貌离开这个意念，在令堂那里有多么坚定 —— 我们没有进行更细微的调整，导致了她现在的现实固着，无法再通过眼镜与系统进行调整。”

说到这里，周兴又掏出烟来，递给唐山一支，唐山这次摆了摆手。周兴自己点上，缓慢、悠长地吸了一口。

“我不知道你为什么一定要看到令堂本来的样子，当然这完全能够理解，而且很大程度上，也是你的权利。我们想来想去，勉强找到一个两全其美的办法，你需要冒一点点风险，但问题也不大。”

周兴知道唐山的选择，所以他并没有停下来咨询唐山的意见。但他还是看见唐山张了张嘴，并且发现自己没有声音之后，用力点了点头。

“我们知道，戴上超现实眼镜，进入贵公司体系的人，对同样戴着眼镜的体系中人，可以随心意调整、改变其现实呈现，对没有戴眼镜、不在体系里的人，则以非常低的清晰度甚至雾状呈现，除非他不设防，主动敞开自己的现实。而两个都不戴眼镜、不在体系里面的人，他们的现实天然就是敞开的，尽管用贵公司的话说‘没有经过调适，过于粗陋’。接到你的电话之后，我们做了测试，初步认定，尽管令堂去世时，现实固着了，但她的现实对于不戴眼镜的人，是敞开的。这样一来，要做的就很简单，取下超现实眼镜，你就能看到令堂本来的样子 —— 这是推想，无法完全保证，但至少也有百分之九十的把握。刚才说的‘风险’主要是指两方面，一方面作为贵公司员工，尤其是现实顾问，私自取下眼镜，一旦被公司察觉 —— 这一点几乎是肯定的，你的工作是否能保住，保住之后的上升渠道是否还有，你想必非常清楚。另一方面，则是摘除眼镜，尤其是以我们不太完善的方式取下后，导致的不适乃至幻觉。据我了解，每个摘除眼镜的人，不适的时间不同，产生的幻觉各异，轻的如同被沙子硌了一下或者被蚂蚁钳了一下，重的则需要在心理医生的辅导下才能走出来。所以，究竟怎么做，还得你自己取舍、决定。我先进去，你想好了告诉我。”周兴转身要去船舱，以便留下唐山一个人想清楚。

唐山叫住了他，“你摘除过眼镜吗？”

“当然。现在对我来说，是家常便饭，已经没有任何不适了，简直和取下隐形眼镜差不多。不过，最初几次的痛苦我现在还心有余悸。”

周兴走到舱门时，将手里的烟头扔进了门口固定的烟灰缸里。

2

“唐山——唐山——唐山——”呼唤声像是在水底将要窒息时，拼命朝上游动，终于在溺毙前一秒浮出水面的落水者对空气的需求，开始压抑着吝啬着，接着冲破了关卡，要爆炸一般贪婪地吞咽，然后在吞咽中平缓下来，持续地倍加珍惜地落在唐山的耳中，再由耳朵传递给大脑，由大脑转化给眼睛。眼睛则如同刚刚被创造出来，安置在眼窝里，并受命睁开。闯进来的当然是黑暗，不同于没有眼睛或者紧闭眼睛时的黑暗，闯进来的黑暗有质量有实体，还有层次，因为在黑暗的遥远处，在它的底色上，有晃动的移动的微白，磕破的蛋渗出的蛋清那样近乎于无的白。

“啊——”然后唐山才真的如溺水被救醒的人那样一声呼叫，开始猛力地呼吸，耳边只听到自己呼呼的喘息，然后意识一点点地落在实处。他看到真正的眼前的黑暗，也看到远处一团模糊的微白，不过两者都过于猛烈，让他又闭上了眼睛。这时候，唐山感到了手脚的僵硬，他伸伸脚抬抬手，行动无碍，只是手脚都有些疼。唐山将手伸到面前，再次睁开眼睛，手腕上还留有印痕，疼痛显然来自那儿。再摸摸脚踝、肩膀、腰部、脖子、额头，都有之前长期被束缚产生的印痕。目光顺着手看过去，邻座男人的手、脚、肩膀、腰、脖子、额头都有黑色的皮绳束缚在座椅上，因此他只能坐在那儿，除了眼睛可以转动，目光可以稍稍变换范围以外，一动不动。

唐山大感惊骇，目光稍稍往远处放，所及之处都是如邻座那样黑色的椅子上固定着身被黑衣的人，男男女女、老老少少，概莫能外。尤其可怖的是，这些人就像是复制一样，布满了他的视野，没有尽头。他小心翼翼地站起来，前后左右看了一圈，椅子和人绵延无尽。不过他总算对所在地方的样子有了大致的整体性了解。这像是个坡度平缓、长度无限的阶梯教室，两边和前面都是不受限的空间。尽管如此，却能在无尽的人头前方，在所有人的头顶上方，看见白色的屏幕一样的空间，那也是不久前涌入眼中的微白光芒的来源。

那白色的空间不是平面的，而是立体的充满了透视感的三维世界，里面上演着他之前所习惯的那个世界的日常生活。只不过，也许是因为隔得远，也许是被人设置了，那些日常生活的画面都没有声音，因而显得里面人的行为颇为机械，嘴唇的嚅动、眉目的传情都有些滑稽。这是两个遥遥相望的世界吗？唐山不相信。他认为，那个世界一定有源头，他现在要做的就是找到源头。根据这个阶梯教室般空间的结构，唐山初步判断，如果那个世界有源头，一定在他后面，也就是阶梯的最高处。或许还有一个证据，那就是他感到有若隐若现的光越过头顶，投向前方。

唐山不再犹豫，他踩着自己的椅子，翻到后面一排。排与排之间的距离也就勉强够一个人站立或侧身通过，不过他不管，他只是从前一排往后一排翻。大多数时候，他都踩在两把椅子间的空隙，跳到下一排的空地上，然后再踩着空隙往空地上跳。偶尔他也会踩到坐在椅子上的人的手、肩膀或者腿，但那些人也许是被束缚得太紧，也有可能是被能够见到的那个三维世界吸引了所有注意力，他们对他的翻动与踩踏都毫无反应。这让唐山焦躁起来，为了抑制自己的焦躁，也为了加快进度，他试着从这排椅子直接跨到下一排椅子上，发现只要分作两步，脚在扶手—椅背—扶手—椅背之间转换就行，就算偶尔步履不稳，有点趔趄，只要扶着坐在椅子上的人的肩膀或者脑袋就没有问题。于是，他完全以这种方式，加快了步伐。同时，他还顺便看清楚了，那些束缚坐着的人的皮绳上，都有一把小锁。

这种行进磨碎了唐山对时间的感受，他无法判断自己是走了一天、一月、一年，还是更久，但至少在一生耗尽之前，他终于走到了阶梯教室高处的尽头，并且仍旧精力充沛。那里并没有电影放映机或者投影仪一样的设备，而是倾斜的与地面呈三十度角的辨认不清材质的一层黑板。黑板也几乎可以说无限大，上面不规律地分布着各种规则与不规则形状的孔，大大小小，不一而足。而黑板的另一侧，则透射出光来，均匀地落在黑板上，再从孔里投射到阶梯教室里众人前面与头顶的空间里。唐山搞不清楚光到那里怎么就组合成了三维的世界，此刻也无心追究这个，他迫切地想从这个空间走出去，看看黑板外面是什么样子。他试了不同的孔，终于找到一个圆形的，可以整个人从里面钻出去。

刚刚钻出来，唐山就控制不住地沿着黑板往下滚，他迅速用双手护住鼻子眼睛，膝盖也向内缩，以免被黑板上那些孔的边缘所伤。不过三十度的坡度毕竟算不上陡峭，而且这一段并算长，所以滚到平地上时，唐山仅仅是左耳轻微割伤，流了点血。

这是一个五面洁白的空间，光线是从对着黑板那一面传过来的，因而那一面显得要比其他面高而宽，并且颜色更浅。已然到了这里，唐山没有任何迟疑，径直向那传递光线的一面走去，走得越近感觉越热。当他走到面前时，那洁白的说不清是墙还是门的物体，忽然悄无声息地打开了一道缝，足够他进出。唐山毫不踌躇，迈步走了出去。

这一次迎接唐山的是真正的没有过滤的光，就像密集射来的箭簇一样，用热量命中他身体的每一个地方、每一寸肌肤，尤其是他的眼睛。剧烈的灼烧般的疼痛让唐山不得不使劲闭上双眼，同时伸出双手，挡在面前。直到手背慢慢适应了那灼烧感，睁开的眼睛也能够不再疼痛地看清手掌上的纹路，唐山才一点点移开双手，让眼睛暴露在纯然的光芒之下。

眼前的世界并不算太陌生。漫天的黄沙、高悬的日头、干燥到燃的空气，都告诉唐山，这里是沙漠。也确实是，汪洋大海般浩瀚的沙漠里，连绵的沙丘就是永无休止的波澜，让人疲惫、绝望。不过这里又和他印象里的沙漠不太一样，所有的东西，细小的黄金般的沙子、白热的太阳，还有遥远的地平线，头上的天空，甚至无可捕捉却隐约可以感受到的微弱的风，都像是刚刚被清洗过新鲜晾出来一般，没有一点尘埃、污渍，还原度高到让人欣喜得发狂。新鲜的清洗过的感觉还把物体拉近了不少，沙漠仿佛不只是在脚下，还从他身体里哗哗流出的，太阳也比寻常的大了不少，以至于加倍从人身体里往外挤出水分。

再回过头看刚刚走出来的浩瀚空间，看他迈出来的那道白色的似墙若门的所在，却只看见一座比其他地方高出不少的沙丘。唐山确信自己只要冲着沙丘往里走，那似墙若门的东西就会迎面而开，但他还不想这么快就回到那深渊一般的阶梯教室。这时，他听到了一阵轻微的沙子垮塌的声音，寻声望去，是一条灰色的足有手腕粗细的沙漠角蝰。角蝰盘在那儿，脑袋从腹部上方探出来，两只角鳞特别锐利地竖着，虽是剧毒之物，居然有一点神似猫的可爱。但唐山不敢像招呼猫那样去逗弄它，他身体僵硬地站着，紧紧盯住角蝰，双眼的余光还扫瞄着周边，以便在角蝰发动攻击时，至少可以避让一下。

角蝰似乎无意攻击，它更像是只为了引起唐山的注意。知道自己被注意到了，角蝰略显夸张地爬动起来。爬出几十米，它还回过头，再次露出猫的神情，看着唐山。唐山心悸稍平，好奇心起，便抑制住恐惧，跟着往前走了几步。果然，角蝰知道唐山在跟着了，就又继续往前爬。一旦感到唐山停住脚步，角蝰就停下转过头来，仿佛叫他跟上。不过角蝰表现得耐心十足，没有露出丝毫威胁或恐吓的意思。

一蛇一人就这样走走停停，绕到了唐山从里面出来的那座沙丘的背面。这面同样是无尽的沙丘，但有些沙丘的规模更大，大到让人怀疑它下面会全然是沙子，大到让人站在远处认为它就是通常见到的小山。下了走出来的那座沙丘，角蝰带着唐山翻过了一个同等规模的沙丘，然后又向一个更大的沙丘爬去。太阳和沙子残忍地持续掠夺唐山身体里的水分，让他嘴唇都干裂了，沙子也不断落到他的鞋子里，使他每走一步都硌得生疼。唐山还不能像角蝰那样，使出轻功一般，差不多无痕地在沙子上爬过去，他只能深一脚浅一脚地往前挪动，有两次还不慎滚了下去，虽然翻滚得不太远也没有伤着，可确确实实让人沮丧。

“你要带我去哪儿？”从嘟囔到吼叫，这句话唐山问得越来越频繁。角蝰自然不会回答，它最多是停在那里，回头看着他，吐出分叉的信子。可是除了跟着它一探究竟，唐山也没有别的去处——总不能回到那个阶梯教室，把自己重新捆绑起来吧。于是问归问，得不到回答归得不到回答，他还是在心里恨恨地想，我就跟着你，看你要干什么。

也没再多久了。跟着角蝰上了这道沙丘，唐山就在另一面的坡地看到了一片绿意，还有水光。他不禁大声地“啊——”了出来，也不管角蝰了，迈开步子，连冲带滑地向那片绿和水扑去。

绿洲并不大，差不多一个足球场的样子，地面上是草——当然不是足球场那样的草坪，而是这里一丛那里一窝，连起来就满眼绿意。还有三棵树分散在草地上，但唐山没有精力去辨认那是什么树，他直接奔着草地一角的水光去了。那像是一个泉眼，一个矜持的泉眼，冒出的水集成了一个小小的水潭，不到一间屋子大，没有丝毫扩张的意愿。对唐山来说，水潭足够了。他没有奢侈地扑腾到水潭里去，而是带着虔敬之心，趴在水潭边，用嘴吹了吹贴上来的水面，咕嘟咕嘟喝起来。喝到解渴喝到身上有了凉意，唐山站起来，蹲着捧了几捧水在一旁洗了洗脸。然后，他开始细看那三棵树。一看之下，才深感惊异，走近了看，看完一棵看另一棵。

看到第三棵树，看到它和另两棵一样，繁密的枝条上的叶子都是钥匙状的，唐山彻底明白了角蝰的意思。他跳起来够着一根枝条，从上面摘下来两片叶子。果然，叶子钥匙的形状是完全一样的，而且它柔韧度也足够解开锁。唐山这下激动了，他仿佛看见了他刚刚从里面出来的那个深渊般的阶梯教室里的人都解开锁，得到了自由。于是，他干脆爬上树，从树干处劈下枝条。树枝多到他一次快拖不动的时候，唐山看了看这片绿洲周围的沙丘，猜想也许每一座里面都有困着的人，便没有再从树上劈下枝条——他有点后悔，应该以更便于再生的方式，只把树叶摘下来就行。

不过也犯不着为无法纠正的事情无休止地后悔。他尽可能地不浪费，将所有的枝条扛起来，将刚才掉落的叶子拾起来，一步一步地向来处挪动。遗憾的是，他再也没有看到那条可以露出猫脸一样表情的角蝰，没法向它道谢。

那座沙丘果然如唐山预想的那样，在他走到出来的正面时，打开了一条足够他带着所有枝条进出的门缝。唐山走到黑板前面，从那些孔里把树枝塞过去，然后找到一个足够大的孔，钻了回去。那个深渊一般的阶梯教室里和他离开时没有任何不同，但因为看到了外面洗过一样的世界，唐山轻易就能发现前面和头顶上的三维世界的虚假——就算不能说“虚假”，至少可以说是“低像素”。

唐山找到树枝，用一把叶子钥匙打开了离他最近的那个人身上的锁。果然，所有的锁都是一样的，一把钥匙就能全打开。唐山拍打着那个人，不一会儿他就醒过神来，目光仍旧有些迷茫，却和之前只盯着三维世界看时很不一样。

唐山把钥匙递给他，说：“拿着它，解救其他的人。”

那个人点点头，摸索着去给旁边的人开锁。唐山也拿着另一把钥匙，去给另一个人开锁，开完之后再唤醒，再给钥匙。很快，最后这一排就都解开了，还有人主动往前排翻，去开锁。

“大家注意，每一把钥匙都可以打开所有的锁。往前面去，把钥匙往前面传。救的人越多，咱们的速度越快。”说着，他把地上的枝条、衣兜里的叶子分给最后一排的人。

看着后面一排的人都纷纷往前翻，看着解救的人浪以加速的方式向前传递，唐山激动得不能自已，他知道这些人会和他一样，找到通往外面世界的出口。于是，唐山从合适的孔里再度钻出，走出那似墙似门的所在。他站在那里等着，等着那些人出来。再一次的出入，再一次将里面的三维世界与眼前的世界进行对比，他发现眼前的世界虽然不像他第一次看到那样新鲜逼人，却更加真实了。他相信那些曾经被困住的人会对此深表认同。

果然，很快就有第一个人从后面走出来，他完全被眼前的世界震撼了。随着人越来越多，那墙或者门干脆敞开来，而面前的地方也越来越不够用，于是唐山带着先出来的人不断往前走。

但是随着出来的人越来越多，窃窃的交谈声在人群中响起，唐山分明在他们的脸上感到了怒意，而且这愤怒指向明确，就是冲着他来的。唐山看着眼前的这些人，看到他们眼里的怒火，感到身心一致的恐惧和绝望，他做好了准备，等着他们随时扑上来把自己撕碎。尽管，他不知道是为什么。

“唐山——唐山——唐山——”呼唤声像是燠热夏夜里的暴雨，兜头浇盖下来，虽然猛地一下把人打蒙了，流淌而下掩住口鼻的雨水让人憋闷，但到底还是让人精神舒爽，彻底摆脱了之前的浑身不适。

唐山正是这样。当他被一连串的呼唤从沙漠里众人的怒气中拯救出来，睁开眼睛看到周兴、小邱两人的脸庞在灯光下渐渐清晰，再看到小邱手里拿着的那个取下了他超现实眼镜的头盔，唐山长长地嘘出一口气，仿佛重新回到了人间。

I

还是B-30，还是翟医生拉开柜子，露出了白布与白布下面盖着的人形，不过这一次雾气重了一些，整个冷冻室也没有哭泣的女人和陪伴的警察，没有其他任何人。翟医生往后退了一步，看着唐山。

唐山走上前，抓住白布一角，如同抓住一块巨石，缓缓掀开。先看到的是那顶假发，买时妈妈还嫌过于乌黑，现在已经有些发灰、分叉，和前天在视频里、昨天在这里看到的都不一样，他知道周兴说得没错，这次终于是妈妈本来的样子了。果然，接下来看到的就是妈妈少了半个耳垂、耳廓卷曲的左耳，是过于光滑的结疤的左脸、额头、鼻子，微型手术调整过的嘴和下巴，然后是相对完整的右半侧脸，可是那原本正常的皮肤反而在脸上其他部分的映衬下，显得格外虚假。唐山左手放下白布，想要伸过去抚摸妈妈完整的右脸、损毁的左脸，但是他的手在快要触到时停住了。妈妈生前他无法触碰她的脸，妈妈去世之后他也不能。他甚至透过自己颤抖的左手看到妈妈脸上浮现出了往常那期待、宽慰、心疼与阻止交织的神情，他的手只能在空气里，沿着妈妈脸部的轮廓抚摸了一遍。

等眼眶里的泪水退回去之后，唐山才继续将白布往下面拉，这一次他拉得比较急，直接露出了妈妈的两只手。是那两只手，几乎没有完整皮肤，一度变形得不成样子，后来少半通过医治多半依靠妈妈顽强的毅力恢复正常功能的两只手。唐山再也控制不住自己，一把抓住靠近自己的左手，手是凉的、僵硬的，手上的皮肤过于光滑中又有点冷涩，有所不同又似乎还是往日的样子。是他和妈妈为数不多的几次见面道别时，他生硬地拉过来，拽住的那只手。只不过，以往那有些抗拒但最终在他手里变得柔软温暖的手，现在无论如何都不会再有变化了。

“唐先生，唐先生 ——”翟医生小声唤着，是在提醒唐山记得他不久前的叮嘱 ——“不要和遗体接触太长时间”。

唐山颓然地松开妈妈的手，听着它磕在铁皮柜边缘，发出一声低沉的闷响，又赶紧心疼地抓住它，慢慢将它放回去。再转过来，他就像被抽走了魂一样，满脸泪水背对着妈妈，任凭翟医生上前盖上白布，将柜子推回去。

“翟医生，你看得到我妈妈现在的样子吗？”唐山确认翟医生戴着超现实眼镜后，又多问了一句。

翟医生摇摇头，“令堂现在这样就挺好，以想向世界呈现的样子向世界道别，以儿子想要看到的样子向儿子道别。”

“翟医生，谢谢你！”唐山不知道还能为翟医生的这番话说什么，他又有点令翟医生一时反应不过来地说，“也谢谢周兴，谢谢小邱。”

两人就这样离开太平间，来到昨天抽烟的那棵龙爪槐树下。一支烟抽完，翟医生说：“唐先生，很抱歉，如果没有其他安排，我们可能得将令堂送往，嗯，送往火葬场了。我会去通知相关同事，在那之前，你还要再见令堂吗？”

“不见了，再见她该不高兴了。翟医生，可以麻烦你，帮我安排一下火化的事吗？我们在乡下老家还有块墓地，当年特意在我爸旁边给我妈妈留了地方，我这次就把她安葬了吧。哎，翟医生——”唐山叫住了点点头准备离开的翟医生，“嗯——这件事可以等会儿去办吗？我是想说，你有时间陪我说说话吗？”

翟医生迟疑了一下，看了看表，“抱歉，唐先生，我没有别的意思。没问题，我可以再待一个小时。”

“好的，是我抱歉，硬拖住你说话。”唐山再递给翟医生一支烟，两人都抽上后，他吐出了一口烟，说，“说起来不过是家里的事，父子的事，母子的事。”

“我爸是一个性格外向、开朗的人，虽然有时候有股不知道从哪儿学来的父父子子的秩序要求，但总体上我俩相处融洽，谈不上特别交心，但大体上也知道对方是怎么想的。所以就算是我青春期最叛逆那段时间，也没有和他产生多大的矛盾。我妈妈则不然，虽然是他们那一代里少有的大学生，也可能正因为是他们那一代里少有的大学生，才使得她既强势又封闭，其实后来看，她的强势与封闭下掩盖着一颗敏感的心。但是在我成长的时候，看不明白这一点，所以总觉得她时常冷着脸，对我不要说慈爱，多一点的温和都没有，整日不是念叨我的成绩应该再提高一些，就是说我的品格还应该更好，就好像她面对的不是儿子，而是圣人胚子。

“这样一来，我俩自然没有那么融洽，高中期间有大半时间我都在和她冷战。好在我高考成绩出色，考上了比她预期还好的大学。可能是我终于挺过了她常说的人生第一道关的高考，也可能是因为我要去一千多公里外的另一座城市读书，那个暑假我妈像是变了个人一样，以颇为生硬的姿态、语言和我沟通。就算是家人，错过了最佳的沟通时机，也只能等待新的契机，不可能一下子就亲亲热热起来。不过每次看到她有点笨拙地寻找话题想和我聊天，费尽心思做我喜欢的菜肴时，我总是感到有点心酸，也就不那么顶撞她了。

“大一那个寒假，我回到家里时，和妈妈的关系发生了实质性的变化，开始有点像朋友那样相处了。这是因为第一次离家那么远，那么长时间，早把那些对她细微的不满与别扭软化了。更主要的，是因为我发现妈妈开始把我当一个成熟、平等的成年人对待了，我在她的心目中，已经开始稳步从‘不懂事缺管教的儿子’向‘值得完全信赖的朋友’转化。那个寒假，我陪在爸妈尤其是妈妈身边的时间，比以往任何一个假期都多，我还陪妈妈去逛商场，为她挑选衣服提供建议。

“小年夜那天，我们高中同学小范围聚会，刚上大学的兴奋劲还没过，又因为还没在大学里找到知心的朋友而觉得高中同学更加亲热，反正一帮人在一起喝个没完。散的时候我还有点记忆，怎么进的小区上的楼怎么开的门却完全不记得，更别提反锁门时将钥匙弄断，还摸黑在客厅沙发背后的插座上给手机充电了。

“等我再恢复意识的时候，屋里已经是浓烟滚滚、烈焰腾腾了，我妈正在我床边仿佛是从特别遥远的地方喊我。可能那一刻印象过于深刻，也可能酒劲还没有完全过去，更有可能是屋里氧气已经稀缺所致，整个过程，我都像是站在远处观看一样，没法把事情贴到自己身上。那时候防盗门已经被烧得滚烫，无法打开，窗户尽管都被砸碎，但也没法从十楼跳下去，只有浓烟从窗户往外翻滚。一家人没有别的办法，只能躲到密闭的卫生间，用湿毛巾尽可能塞住门缝，不断往门上泼水，以延缓燃烧的进度，等待消防员的到来。后来，只能用湿了的棉被罩住三个人的头，妈妈抱着我，我爸抱着我俩。再后来，我就只记得火终于烧穿了卫生间的门，向我们扑来，然后就不知道隔了多久，有人从窗户冲进来，把我们一家三口救了出去。

“说是救了出去，其实我爸当时就已经没命了，我妈也被烧得不成样子，抢救了好些天才活过来。只有我，造成这一切的我，没有什么损伤，连火灾现场的感受，都像得之于一具借来的躯壳。后来，消防队向我们分析火灾起因，说基本可以断定是沙发后面插座上充电的手机引发的。妈妈没有说什么，但我知道，只有可能是我，因为全家只有我有夜里给手机充电的习惯。消防员们还可惜道，如果反锁时钥匙没有折在里面，一开始我们就可以打开门逃生，事情就不会严重到那个程度，妈妈阻止了他们继续说下去。那以后，妈妈和我从没有提起那场火灾。我没有说是因为无论我说什么，都无法赎回自己的罪愆。妈妈没有说，大概是不想让我心里有负担。

“可是一件事情越不去说它，它就会越来越干，越来越重，直到变成化石，再也没法复原。这件事就这么压在那里，变成了我和妈妈都想绕开、都不得不绕开的漩涡与黑洞。更可怕的是，这件事还有无法忽视的表征——妈妈那损毁严重的身体。因为火灾造成的自己家和邻居家的损失，我们花了很长时间，才补上经济窟窿。因此妈妈只做了微型手术，修复了嘴巴的功能，休整了完全没法接受的地方。条件稍稍好些的时候，妈妈又患病，诊断、手术、恢复花了大部分的时间和钱，所以到最后，妈妈只能带着损毁的身体离开这个世界。

“现在看，我真是愚蠢、懦弱的儿子，哪怕在妈妈生前和她敞开心扉聊上一次，告诉她我的想法，我的痛苦，至少也能让她走得踏实一点。你不知道，到了后来，我和妈妈不但不敢再提火灾，甚至不敢提任何往事，不敢再说起我爸，最终，干脆不敢见面。我怕见到自己的罪证，妈妈怕我受到折磨。妈妈的面容和身体成了表征，里面包裹着一场火灾，我们彼此猜测，自我折磨，又通过自我折磨折磨对方。甚至后来我去了超级现实公司工作，我们都没办法以最简单的方式处理这件往事。我们都怕让妈妈换个面貌的提议是在告诉对方，自己还记得多年前的那次大火。

“后来，还是妈妈鼓起了勇气，主动找小邱他们帮忙，设定了自己的现实呈现。我在视频里看见妈妈完好的年轻的面貌时，整个人都在颤抖，陷入了极度的自责——我光记得自己在那场大火中的罪，却忽视了妈妈这些年的生活。可我还是愚钝的，我以为妈妈是通过这种方式原谅我，告诉我不要沉溺于过去，却没有想明白，妈妈选在那样的时刻才戴上超现实眼镜，有了正常的现实呈现，是因为，她想把这么做对我造成的压力降到最低。妈妈知道自己不久于人世，因而用自己的命告诉我，不是她原谅了我，是她根本就没有恨过我。

“但是妈妈原谅我，不等于我就能原谅自己。不，我也不是要违背妈妈的意愿，继续陷在自我谴责的泥沼里，我必须正视那次火灾，正视自己无可推卸的责任，把它承担下来，把它放在自己肩膀上，才能如妈妈所愿，好好活下去。妈妈以她没有受到丝毫损害的呈现出来的形象，表达了临终之前，对这个世界和往事的全然接受。我也得以自己能够相信的方式接受，所以我才想要看清妈妈真正的样子——我不是说她呈现的现实不是真实的，那是真实的，那是她的真实，而她损毁的直到临终都没有修复的身体，对我才是真实的，这是我的真实。而妈妈和我的真实，实质上是一种真实。只有真实，才让我知道自己活着，才让我能够往下活。”

唐山说到这里，一包烟已经被两个人抽完。唐山看着龙爪槐下垃圾桶上的烟灰缸，里面已经塞满了烟头，落满了烟灰，他沉默了一会儿，并没有转过身，而是轻声地，对着龙爪槐说话那样，说：

“翟医生，谢谢你。请通知你的同事，安排把妈妈送到火葬场的事吧。”

○

喝完周兴一大早熬的鱼片粥，老孟并没有立即起身道别，而是继续坐着和周兴闲聊。老周将桌上的碗筷收到厨房，洗净、放好后，转身进了他的房间，好一会儿都没有出来。周兴知道这老哥俩分别前一定有事要说，这事多半才是老周这次请老孟过来的目的，他甚至大体猜到了是什么事，不过既然他们没说，他也就不问，就陪着老孟东拉西扯。

聊到两个人都有点词穷时，老周终于出来了，手里拿着一个黄色的档案袋，额头上已经见汗。老周打开档案袋，从里面拿出几份文件，在桌上摆开。

“周兴，白条湖承包的所有文件、材料都在这里，包括合同、公证书、范围说明等等，这些东西保证这座湖在几十年内，是咱们想要的样子。一定程度上，它们也保证这几十年之后，还可以继续是咱们想要的样子。那个，那个超级现实公司年想要从咱们这儿得到的，也不外乎这些文件。”

文件有新有旧，大多有着醒目的标题甚至制式的首页，纸张颜色有白有黄，基本上也都年代久远。周兴没有去翻这些文件，更没有去找有多少份上面有老孟的签字，他就以它们在桌上摊着的样子看了两眼，便站起来把文件并好，递给老周。

“爸，你不用给我看这些东西，这是你的合同、文件 —— 你要不嫌我说话难听，在你活着的时候，它们都是你的。白条湖，在这几十年内，也都会是你想要的样子。这湖是你想要的样子，就是我想要的样子。你现在没必要像交代遗产似的，把它们交给我。”

“儿子，”老周这一声叫得突然又深情，把他自己都吓了一跳，只好一声咳嗽掩饰过去，“—— 我知道你的想法，也知道你对我的支持，我很高兴。像你孟叔前两天说的，多少父子、人家为了一点儿东西，撕扯得不成样子，我很高兴，咱父子没那么没出息。但我最近总在想，我这么做是不是太自私了？害得你跟我一起守着这个湖不算，还要让你跟我一起面对这个公司那个集团的骚扰、压力，更重要的是，这么把着白条湖要真是违逆了时代潮流的话，我当个老顽固就算了，干吗要你变成小顽固呢？！”

“老周，你这话说的，什么老顽固小顽固的，我怎么听着像老王八蛋小王八蛋啊？”老孟见气氛有点沉重，打了个岔，这才接过来对周兴说，“周兴，事情没你爸说的那么严重，他也不是一定要现在就把文件转交给你。你爸的意思是，白条湖今后的事，需要做的决定，这个权力就交给你了。保留现在的样子也好，和超级现实公司合作也好，甚至直接把权利转让出去也好，他相信你会综合考虑，做出最佳选择。当然，你也别有压力，就算选择的结果很糟糕，你爸也不会怪你。是不是，老周？”

老周被逗得嘿嘿一乐，终于恢复平常的模样。不过他把文件都装回档案袋后，又责怪起了老孟，“我说老孟，你不对啊，我请你来是和你商量，是要你帮我说服周兴，收下这些文件，管起白条湖，你怎么刚听了两句，就转变立场了？”

“我转变什么立场？你说说，你、我、周兴，咱们三个人有不同立场吗？没有。立场只有一个，那就是让白条湖是它应该是的模样，让它能够造福生活在这片湖区的人。在这个立场下，将来白条湖一应的决定权都交给周兴，由他来拍板，这是结果。有立场有结果，不就行了？你还非纠结文件由谁来保管，是不是太教条了？！”

周兴心里回荡着感动的波澜，不是为了父亲刚才那一声让他现在想起来还起鸡皮疙瘩的“儿子”，而是为父亲叫了之后笨拙的掩饰，更是为这老哥俩的心思与情谊，“爸，孟叔，你俩就别一唱一和了。我明白你们的苦心，谢谢你们对我的体贴，我也就不多说了。我答应你们，今后白条湖的事我来操心，需要和你们商量，请你们出主意，我会找你们。合同和文件还是放我爸这儿，需要用的时候，我管你要。你们看，这样行吗？”

“行行，我看这样挺好。”老孟冲老周挤挤眼。

“挺好你还不赶紧走？还等着请你喝酒呢？！”老周呵斥道，呵斥完自己先笑了起来。

“好你个老周，磨还没卸就开始杀驴！”老孟也笑，“周兴，咱们走，让这个老顽固留下来自己反省。”

两人出了门，来到码头，上了快艇。快艇开动，老孟却不急着回家，他拍了拍周兴的肩膀，说先去一下犀牛角。

犀牛角是白条湖里的一座小岛，从这个名字就可以想见它的形状和大小。周兴知道犀牛角的位置，也远远地经过几次，望见它像水中冒出的一根犀牛角那样尖尖的常年葱茏的模样，不过他从没有靠得很近地看过，更没有停下船上去过。等真的到了面前，周兴发现犀牛角比他想象的还要小，绕一周估计也就四五十米。但它还是呈明显的山的样子，有十来米的垂直高度，一面是岩石，其余则完全被植被覆盖，哪儿都看不到路。

“你跟着我，小心脚下。”等周兴系好快艇，老孟回身叮嘱道，这让他有点哭笑不得。不过看老孟矫健的身手，再看他对地形的熟悉，尤其是想到自己在后面，万一老孟有个闪失，更方便照应，周兴也就没有去争先抢行了。

老孟果然熟悉这地方。他抓住岩石上翘起或凹陷的地方，有时候也借用岩石上的藤蔓或者灌木丛，手脚并用，小心翼翼地往上攀爬。岩石并不算陡峭，六十度左右的斜坡，不过有些地方比较光滑，不好下脚。但爬着爬着，周兴发现一些人为的痕迹，比如某个地方的藤蔓被绾成一个结，某一丛灌木被人用绳子捆成一团，最明显的，则是在一段前后都没有天然的东西可以抓手，但必须借力才过得去的岩石上，有两个用钎子、凿子留下的深坑，坑凿得很粗糙，乍一看甚至让人以为是被哪里掉下来的尖石砸出来的，但它们也凿得很巧妙，足够一个有技巧的人一只手抠着一个坑，把身体贴着岩石往上移动。

跟着老孟爬到顶时，周兴已经有些带喘。他四周打量一圈，山顶或者说犀牛角尖上并没有什么特别的，就是一块可以站几个人的石头斜坡，斜坡周边都是各种树、灌木、杂草，密密匝匝围过来，根本看不到其中有路。但也看得出来，有人偶尔会来这里收拾，因为这些植物和斜坡的边缘有个隐约的界限，只要植物跨过界限，伸过来的部分就会被砍掉。只有两棵矮树突破界限、得到允许，长到了斜坡这面，也可以说，这两棵矮树才是斜坡的主人，那个界限也正是为了保护它们才存在。

就是它们让大家心甘情愿攀爬岩石，上到犀牛角？周兴细细打量这两株一人多高，极其茂密的枝叶铺展开来，像两丛灌木的树。每一棵树的每一根枝条都自由舒展，逐层吐出一团团长椭圆形的叶子，叶子也绿得非常厚实，似乎轻轻一拧就能拧出绿色的汁液。在每一层叶子的顶端，还能看到嫩绿的甚至带着浅黄的，尚未完全展开的叶芽。不过大多数叶芽都已经被掐走，只剩下一个空空的枝头，或者干脆从枝头上抽出别的尚未成型的细枝。

看到掐走叶芽留下的痕迹，周兴明白了这是两株什么树。

“孟叔，我爸也跟你来这里采过茶吗？”周兴问一直站在旁边，一会儿看看两株茶树，一会儿看看自己的老孟。

“没有，你爸不好这个。我会给他带一点，他除了说声‘香’，没什么反应。再说，你爸那高血压，想来爬这段路，我也不同意啊。”老孟说着，情不自禁俯过身，使劲闻了闻一根枝条上的叶子，然后揪下一片老叶，放进嘴里嚼了起来，“这两棵树还是我小时候躲避风浪，到这牛角上发现的。茶是真好，也真少，两棵树一年能摘下来的最好茶叶，炒好了也就九两到一斤一两之间。究竟是多少，就要看气候，看茶树的心情喽。”

“只有你到这儿来吗？”

“当然不是，我发现的时候，就有人先发现了。开始是两个，然后是三个，最多时有五个，现在是稳定的四个。”老孟嘴角浮出了有点神秘的温暖笑容，“其实大家并没有见过面，就像是有感应似的，人数变化了就都能从茶树上的些微痕迹知道，于是就相应地采自己那份。来采茶的日子，也都能自动错开，分做几天的早晨过来。只有一次，我来的时候碰见一个人走，我们在岩石下抽了一支烟，没有说一句话。

他戴着斗笠，我看不见他的脸，他也不往我这边看。”

老孟说的这些话，比犀牛角这儿有这样一个所在更让周兴惊讶，他没有想到，就在自己身边，还有这么传奇般的事情发生着，而且几十年如一日。不过再一想，哪儿没有传奇呢？别的不说，光是他爸和老孟这几十年的交往，光是两个老头坐在一起，可以就着一碟花生米喝完一瓶酒，整个过程一句话不说，就够传奇的了。

“周兴——”老孟忽然喊了一声，周兴止住了遐想，看着他。老孟吐出嘴里嚼碎了的茶树叶子，抬手朝着湖面一比划，“这片湖你打算怎么办？你爸说得轻松，那个决定可不容易做出。他对你的信任已经超越了一般的父子之情，是完全的托付，也正因为如此，他始终放不下心来，生怕自己害了你。超级现实公司这样的庞然大物，行事固然会遵守一定的章程，也有他们的忌惮，但他们为了实现自己意图，可能使用种种手段，绝对不能低估。”

这几天的经历，包括唐山的出现和他说的话，都让周兴感到了超级现实公司愈发逼近的身影，可他确实还没有清晰的应对策略，和小邱做的测试也仍旧是从白条湖和老周的角度出发，但如果对方不按常规来呢？

“孟叔，我还没有确切的打算。以前我一直觉得，合同在手，只要我们自己经受得住诱惑，不主动出让，就没有任何人能够夺走白条湖。现在看，光有合同未必保险。”

“当然不保险。”老孟毫不迟疑地断言，露出了狡黠的也可以说顽皮的笑，“保全自己的最好办法，是主动出击。”

“主动出击？”周兴一头雾水。

“像白条湖这样的情况，这样的地方，不光是咱们一家吧？”老孟说。

周兴有点明白老孟的意思了，一下子兴奋起来，“对对，不止咱们一家。”

“那就是了。他们肯定也受到超级现实公司的压力，逼迫他们出让那个，那个，现实权益，反正就是让他们手里的地方看起来不再是、不仅仅是原来的样子。具体的我不懂，但我想，你们联合起来，肯定比单独应对更好。另外，你们也要多研究研究超级现实公司，弄清楚他们着急拿下白条湖这些地方的原因，是纯粹为了扩大经营，多赚钱，还是有其他方面的压力。一句话，你们自己先要联合起来，还要和对方接触，既寻找不硬性对抗的可能，也寻找釜底抽薪、长久解决问题的机会。”

周兴吃了一惊，他想到了老孟总结的前半句，却没想到还有后半句。

“孟叔，你简直是个战略家啊。”

老孟被逗乐了，“我算什么战略家啊，这些都不过是从以前的工作中照猫画虎，学来的一点皮毛。不过，周兴，你知道我为什么带你来这儿吗？”

“面授机宜。”周兴甩出个成语，嘿嘿一乐，“你肯定不想让我爸听见了担心。”

“也对也不对——”老孟也嘿嘿一乐，卖了个小关子，乐完了面色一正，“我确实不想让你爸再担心，但这几句话在哪儿不能说啊。我带你来这儿，咱爷儿俩爬这一段，和你爸叫你陪我们一起钓鱼是一个道理。你看看这湖，这儿百里水面——”

老孟右手指着脚下的白条湖，开阔水面上，有不少人驾着船在活动，“有很多人在这里生活，有的人的生活你看得见，有的人的生活你看不见，甚至也想象不出。但是这些人、这些生活是实实在在的，就像我每次往茶杯里放好茶叶，倒水进去，看着茶叶在水中一点点恢复叶子的模样，鼻子闻到一缕缕茶香一样的实实在在。所以，将来不管任何时候，不管你面临什么样的压力，需要做出决定的时候，你想想这个决定关联着这么多人的生活，就能更加慎重。”

配合老孟的话似的，离犀牛角不远处的一艘船上，船尾的人一扬手，一张渔网抛进了水里，渔网落入的水面泛起一层异于周边的波纹。老孟垂下右手，久久凝视着那片波纹的变化，然后转过来看着周兴。

“这是对白条湖而言。对你来说，我希望任何时候，不管是否和那家公司还有白条湖有关，你都记住那条鱼脱离水面时，你的开心，刚刚陪我爬犀牛角时的紧张，还有爬上来之后的舒畅。现实总在变化，但这些感觉和它们产生的时刻，对我们每个人来说都是独一无二的，无法磨灭，也正是这些时刻决定了我们是什么样的人。记住这些时刻，不管现实怎么变化，我们才不会丧失现实感。不是吗？！”

老孟像是在问，又像是在对着脚下的白条湖陈辞。

5

安葬了妈妈，唐山没有立即回公司，他住了下来。每天，他一大早就出门，踩着露水，在附近的山上、河边、田间、地头溜达，和碰见的每个人乃至每个活物都说会儿闲话，只要有什么吸引了他，就毫不吝惜时间地看着、听着，或者搭上一把手。不过，每到黄昏，唐山就回到父母的墓地，陪着他们看太阳落到西山后面，然后天光逐渐消失，黑暗陡然升起。

这天下午，唐山在墓地陪着父亲抽烟。他的烟已抽完，父亲墓碑上的烟也快燃尽时，一辆黑色小车出现在国道上，向这边开来。开到土路尽头，小车停下，下来一男一女。女的一身职业装，捧着一束花，唐山不认识，男的西装革履，是孙燕来。

“唐山，节哀顺变！”孙燕来说着，到唐山父母的墓前鞠躬行礼。他指了指放下花束、正在鞠躬的女人，介绍道：“这是第九分公司的柳婧总经理。”

唐山跟柳婧点头致意。他看着孙燕来，没了超现实眼镜，时隔多年，他又见到了这张脸的本来样子，又熟悉又陌生。

柳婧咳嗽一声，打破了沉默：“唐顾问，孙总是到邻省出差，特意过来看望你的。”她见唐山没有表示，孙燕来也摆摆手，便转换了话题。“伯母去世，我们深感悲伤。这要怪我们工作没做好，不知道这是你的家乡，更不知道伯母还留在这边，身体也不太好，没有尽到照顾的责任。”

“柳总，不说这些。唐山妈妈已经辞世，你们事先也确实不知道，再说，这也不在你们工作范围内，唐山不会责怪你们。唐山，我这次过来，是看你也是感谢你。柳总说，你出差的任务完成得特别好，不容易，尤其是忍着丧失亲人的悲恸——”孙燕来停住，看着唐山脸上表露无遗的困惑。

“嗯，唐顾问，是这样——”柳婧赶忙接过话头，“分公司一直在想办法，把白条湖纳入我们的现实版图，但是周家父子始终不配合。他们的承包合同让我们正面可操作的空间很小，但是根据调查，周家父子，准确地说是周兴，在从事一些有损公司利益自然也是违法的活动，可是周兴很狡猾，我们抓不住直接的有力证据，又不想贸然惊动警方。孙总知道我们的难处，知人善任，派你过来。你到这里的第三天，我们发现你的超现实眼镜被取下，再追溯行程，查到你并没有走正规流程，只在到的当天下午和晚上去了两次白条湖。因此，我们推断，你是在白条湖取下的眼镜。你别误会，我们并没有监视你，只是特别留意和白条湖有关的一切。”

柳婧看着唐山由红变白，愤怒不断积攒的脸，又看看孙燕来，正要硬着头皮继续往下说，孙燕来止住了她，“柳总，请让我们单独聊两句。”

“好的，孙总。”柳婧连忙答应，往旁边走了走，再看了看离唐山他们的距离，索性直接退回到停车的地方，拉开车门，坐了进去。

“唐山，你别往心里去，我相信柳婧的说法，他们没必要监视你。不管具体情况有无偏差，有多大偏差，她的结论是没问题的。你是在周兴那儿摘下的眼镜，对吗？也许，你还看到了更多对我们有利的东西。公司不想和老周对簿公堂，毕竟我们的目的是拿下白条湖。但是，我们必须在和老周谈判的时候，占据主动，而如今，这个主动权，至少是主动权的线索，在你手里。如果能就此解决白条湖的问题，这将是你履历上的重要一笔，甚至可以让你越过外派阶段，直接升迁。这样一来，你找到周兴他们取下眼镜就可以视作公司的安排，丝毫不会成为你职业生涯的障碍。”

孙燕来说完，直视了唐山一会儿，然后转过脸去，看着唐山父母的墓碑。

“孙总，谢谢。对您也没什么好隐瞒的，我是没有通过正规渠道，就取下了超现实眼镜。这段时间，老家人对我很好，完全向我敞开了现实，因此我可以凭自己的双眼，来看周围的一切，尽管比起公司调适过的现实，我的所见所闻所触所感更加粗糙、生硬，但是它们更让我信任。再回想在白条湖所见的完全原始的现实，想起我要见妈妈最后一面的不易，我对公司是否要覆盖一切，是否应该把每个人都纳入公司的现实体系，有疑虑。进而，一些以前从没想过的问题，比如说什么是现实、什么是真实、现实是不是离真实越近越好……也出现在脑子里。可能就算想破头，我也得不到满意的答案，但它们真真切切困扰着我。我明白，私自取下眼镜，违背了公司的员工准则，我接受公司将要给予的处罚。此外，不管处罚是什么，类似白条湖这样的现实孤岛该如何处理，我作为现实顾问，此次出差受到了哪些触动、产生了什么疑问，都会形成一份报告，提交给您和公司。不过，目前对我来说，有更重要的事，那就是陪着我爸和我妈妈。我以前陪他们的时间太少了，这一次，我想陪着他们，过完妈妈的七七，再回公司。至于眼镜是否在白条湖取下，在那里我又见到了什么，如果必须说明，我只能说，我做了一个漫长的梦，在梦中的夜里去了趟白条湖，得到了一个可能是周兴的年轻人的帮助，因此看到了我应该看到的妈妈的模样。可是，对于一个梦来说，谁能够判断它的真假呢？在什么情况下，梦可以作为证据呢？”

唐山说到这里，停下来，看着孙燕来。孙燕来仍旧望着他父母的墓碑，没有说话。唐山掏出烟来，递给孙燕来一支。孙燕来好一会儿才回过神来接过烟，唐山给他点上时，他的手指仍旧没有忘记轻叩唐山的手背。

两个人站在那里，一言不发地抽着烟，他们抽完的时候，一阵微风吹过，把唐山父亲墓碑上的烟头也吹落在地。

孙燕来叹了口气，走过来拍了拍唐山的肩膀，“我明白了。这样吧，其他都不管，你留下来陪着父母，过完七七。回来后，补个假，同时提交一份完整的报告给我，一切都等拿到报告再说。”

说完，孙燕来向那辆黑色小车走去。走着走着，他和车还有车里的柳婧，都变成了雾状，对唐山不再清晰可见。

后记：理想小说与具体小说

I

没有理想小说这回事。或者，没有一本具体的小说，可以称之为理想小说。如有，后续的小说家只需要照着理想小说描摹即可。评判将由此变得繁琐，但因标准固化又变得简单，只看谁描得更像即可。甚至，后续的小说与小说家也不必存在。有了理想版本，谁还需要摹本？不必担心独此一本可能引发厌倦，既为理想小说，自然经得起所有人反复阅读，自然能全方位满足阅读期待。由是，谈论理想小说的前提，是否认它的存在。这是纯然务虚，是纸上屠龙。

但谈论理想小说仍是可能的，也是必须的。

2

比起我们置身的世界，理想小说并不能创造更多的东西。个人与世界并不相称，没有人能够巨细靡遗地经历、把握整个世界。理想小说提供可能的途径，将整个世界带到个人面前，阅读它，读者将认识、懂得整个世界。

这似乎是浓缩，但其中没有比例尺，没有损耗。这似乎是无奈之举，但也正是人的独特之处——只有人可以这么做，只有人愿意这么做，只有人能做到。这似乎是一面镜子，但读者不是对着静止的镜面看自己，是走进去，找到自己、认出自己。

唯一的问题：个人如何能够读到、读懂并不存在的理想小说？

3

通过局部来想象整全，揣摩整体，正如通过具体小说来认知理想小说——盲人摸象的真理。一部具体小说就是一块拼图，读者与作者，终其一生都在寻找、制造不同的碎片，再把它们放置在他认定的位置。他的工作也许零碎，他的碎片总是分散各处，相互间关系不明、关联不紧。他也许只认定一个小小的区域，所有的碎片相互衔接，咬合无误，却仍旧无从分辨其整全的形状。可他还得读下去、写下去，不放弃下一块可能到来的碎片。

极少数人会在过程中或者终点处，忽然间醒悟，他手上的每一块碎片都携带了理想小说的完整信息。这时候，他心中的怨念将完全消散。

4

拼图和碎片，是比喻，也是误导。有未能完成的小说，但没有不完整的小说。定稿或印刷，都有完形的能力，这能力的本质是阅读。作者之外的阅读，哪怕一次，都足以完成一部具体的小说。故意留出破绽、刻意碎片化，同样构不成挑战，它仅仅是要求在完形的同时，增加反向或倒影的视角。

阅读消除了具体小说作为零件、局部的可能，也更新了具体小说与理想小说的关系：具体小说不需要毫厘不差地与理想小说接榫，理想小说并不吞噬具体小说，就像伟大心灵的集合不覆盖独立的伟大心灵。理想小说只是召唤具体的小说，以其光芒照射在具体小说上面。每一部具体小说都反射理想小说之光，或强或弱，或能为人分辨，或者湮没无踪迹。

这是另一个比喻，希望它不是误导。

5

小说家心怀理想小说，创作自己具体的小说。这不是订制，不是明了理想小说的全貌，知道哪里有空缺、遗漏，按需打磨，及时补缺。毕竟，就算是理想小说家，也无法站在时间终点，回望那时才得以完成的理想小说，看清楚它的每一部分。在此之前，在现实中，他只能不停地想象理想小说的模样，并依据想象进行手里的工作。

小说家很清楚，只有时间停止，理想小说才会定型，不再生成。因此，他的想象或许早已偏离理想小说，他的拼图或许根本就格格不入。但他不能停止想象，不能停止写作，因为他还知道，概率再小，比例差别再大，他的想象、写作与理想小说都存在互相发现，互相定义的可能。他必须也只能为这样的可能工作。

6

被理想小说光照的具体小说，寻求超越由阅读完形的完整性，如实反映世界的整全性。当然，这几乎只能体现为对世界整全性的运思。

有明澈、明亮的部分，层次分明、条分缕析，动机与行为都可以解释，有晦暗、浑莽、狂暴的部分，永不止息地运转，无法定义，无法抽丝剥茧。后者远比前者庞大，是前者的根基，定义前者。

具体小说因此不惧怕泥沙俱下，不担心那无法言传的部分猛烈运转时，带出的纰漏、空白、冗余，乃至纯粹的短时间内让人厌倦的重复。在为它们夺得合理的空间时，具体小说也相应地成倍扩大自己的体量；在为它们赢得批评豁免权的同时，具体小说也将自己的水平面不断下移，获得更幽深处的力量。

又一个比喻：具体小说也应该是一座森林，有出入的路径，有迷人的风光，更有人迹罕至的地方，有腐叶的堆积，有毒蛇、野兽出没。视具体小说为花园的人，也别忘了地下的蚁穴、幽泉和岩浆。

7

与理想小说相互发现的具体小说，是理想小说的先锋。

先锋的要义是洞穿，洞察与穿透。洞察现实的含混，洞察真实的困顿，洞察自由的方向，这是凝视，是站在一处眼观八路，是转动身体，以目光移动世界，将全景重叠、积压。穿透则从沉积的景致，找准着力点，一击必中，完成全景意义上的透视。

尖锐的刺透，拙重的击垮，都可以洞穿。刺中要害，刀锋穿透处，明晃晃的窟窿，表面和内里互相置换，还原无路，无法缝合回起初的样子。击垮更考验持久与耐心，势大力沉，专注一处，不断地举起、落下，举起、落下，目光不斜视，不在意周遭的快进慢退、改天换日，一个劲地重复，终于轰隆一声，墙与门全部倒塌。

理想小说有整全的世界要对应，具体小说有具体的现实来洞穿。

8

理想小说不关心语言，它在语言之外，它就是人能够触碰、探究的事物本身，它就是具体的人的疆域。具体小说只有语言，语言是它的形体，是它的皮肤、骨骼、肌肉，是它运转的血液。放弃对语言的专注，奢谈塑造具体小说的精神，一如面对化为齑粉，已经不在的人，考证他是否眼含泪水。

具体小说依仗语言的准确。准确辨认世界，认清事物与人在其所在，让他们在小说中是其所是。准确让具体小说找准它的节奏，获得它的润滑剂，按照小说家期冀的方式运转。在理想小说这一有关准确的唯一评判尺度上，幽晦、即兴、脱靶也是准确的。与此同时，语言的准确是游动的。现有节点与可能节点间的缝隙，是其游动的空间，保证具体小说的鲜活。

9

神秘主义措辞：气息。词语的鼓声背后，有东西流荡，氤氲之物。魅惑，让人刷新原有的认知，走上新的道路，见所未见，因迎面撞上来的一切怀疑自己的眼耳鼻舌身意。说服，让人确信刷新的真实与必要，自主地踮脚或俯身，摘取或拾取路上、路旁的东西，放在自己身上。痕迹最终都会散去，回忆留下了，等着恰当的时机被唤醒。

气息落实在人身上。具体小说的气息，也正是写作之人的气息。坐卧行走、仰观俯察、吞云吐雾、长啸短吟，无不在酝酿，在涵泳。身内身外在同一个节奏上动与静，在同一种气息里呼与吸。没有一件事情是白做的，没有任何时间是浪费的，无不在养成气息。如何将人的气息化入具体小说，这是问题；返身感受、反省自己的气息，这是前提。

10

结构即观看，结构即行动。并不能拎出具体小说的独立结构，并不能将其余剔除殆尽，单留下一副骨架。有了形制的同时，就有了安置。一如寺院、教堂、会议室、大酒店，念头兴起的一刹，即决定建成之日，里面的景象，往来之人的形容、仪态。设计图不过是确认，施工不过是实现，运转不过是微调。

站在何处，看向何方，决定所见。走向何处，如何行动，决定所得。

11

列出名单是建造，是敞开，是投入。只能列出自己的名单，理想小说不在名单里，理想小说的精神在名单里。每点出一部具体小说，就指向一次理想小说。

《堂吉诃德》《罪与罚》《卡拉马佐夫兄弟》《战争与和平》《安娜·卡列尼娜》《尤利西斯》《世界末日之战》《百年孤独》《局外人》《微暗的火》《迈克尔·K的生活和时代》《去吧，摩西》《八月之光》《在细雨中呼喊》《我的千岁寒》《红楼梦》《佩德罗·巴拉莫》《天龙八部》《笑傲江湖》《仿生人会梦见电子羊吗？》《宴会》《河的第三条岸》《2666》……

名单会自己生长，自行补充。

12

推倒理想小说与具体小说的冰雕，往下写的阳光融化它们，留下有形迹的水，往下写的风吹干它们，化作无法证实的气。